アッシュ

シルキィ

メルシィ

ライエン

プロローグ 006
第一章　転生、そして邂逅 031
第二章　強者へと至る道 079
第三章　主人公 122
第四章　最強対最強 157
第五章　勝利の女神 194
エピローグ 226

お助けキャラに転生したので、ゲーム知識で無双する1

～運命をねじ伏せて、最強を目指そうと思います～

しんこせい

BRAVENOVEL
ブレイブ文庫

プロローグ

「もう一度……もう一度言ってご覧なさい！」

一人の少女の激昂する声が、校舎全体を揺らすほどに大きく響き渡る。

大きく、けれど聞く人をどこか従わせてしまうような高貴な声は、なるほど魔法学院の生徒なのだと納得ができてしまうほどに清らかで、そして澄んでいる。

——ここは魔法を学び、一人前の魔法使いを育成することを目的に設立された、ユークトヴァニア魔法学院。

王国全土から魔法の才能を持つ貴族の子供達を集めた、血筋と才能に恵まれたエリート達の集まる学校だ。

しかし廊下に響き渡る女生徒の大声には、そのエリートらしさがなかった。

焦っているかのような、切羽詰まっているかのような様子は、その清涼な美声とは妙にミスマッチだった。

そう、声をあげている女の子には、高貴な者特有の余裕がないのだ。

彼女はキッと睨みつけるような視線を、向かいにいる女生徒へと向けている。

「私のことはいいの。でも、それでも……お父様をバカにすることだけは許さないっ！　そこに直りなさい、セシリア!!」

その少女は右手には扇を、そして左手には杖を持っていた。

学院の制服には毛羽立ちの一つもなく、薄く化粧の施された真っ白な肌が美しい。

見る者全てに純真なイメージを与える可憐な見た目をしている。

流れるような金糸の髪はくるくるとカールになっていて、ラピスラズリの瞳を一層際立たせていた。

その髪の色艶や傷一つない滑らかな肌からわかるように、彼女は生粋のお嬢様だった。

けれど今、彼女の瞳はつり上がり、口の端はプルプルと震えている。

内に秘めていた怒りが、今にも外に飛び出てしまいそうだった。

「ひっ!?」

少女に視線で射貫かれたセシリアと呼ばれた女生徒が、喉をひくつかせながら声を上げる。

ビクッと思わず動いてしまった少女の肩に、すぐ隣にいた男子生徒が手を置く。

それだけで再び自信が湧いてきたようで、セシリアの体の震えはすぐに止まった。

彼女は肩に置かれた手に自分の手を重ね、自分を取り戻す。

「まぁまぁ、そうビビるなって。所詮は落ちた令嬢、パパの後ろ盾がなけりゃただの高飛車な娘っ子さ」

「そうよそうよ、今まで散々偉そうにしてきたの、私達は知ってるんだから！」

周囲にいる生徒達も、二人と似たようにへらへらと笑っていた。

クスクス、クスクスと彼女のことをバカにするような笑い声が聞こえてくる。

それを目で見て耳で聞いた少女は、更に顔を火照らせた。

周りの人間達が少女のことをバカにしているのは明らかだったからだ。

彼女はこんな目に遭うのは初めてだった。

今まで一度として、誰かに小馬鹿にされたり、下に見られたりしたことはなかった。

陰でされていたことはあったかもしれないが、それをこれほどまでに露骨に示されることはなかった。

怒鳴られたセシリアは、とうとう我慢も限界になったといった様子で一度大きく身震いをすると、俯きがちに顔を覆う。

ふるふると体を震わせて悲しみを表現し始めるその様子は、あまりにもわざとらしい。

(あれは……笑っているのね)

指と指の間から垣間見えるセシリアの顔に浮かんでいるのは、明らかに人の悪い笑みだった。

怒気を発しながら彼らに相対している少女は、その名をメルシィ＝ウィンドという。

王国宰相に二度も任じられたことのある、由緒正しきウィンド公爵家の嫡子だ。

本来ならば皆が畏怖を持って接するような家柄と風格を持つ彼女は、しかし今は皆から軽んじられながら、こうして笑われている。

メルシィが同じ学院生達からこうしてバカにされているのは、もちろん故あってのことである。

けれど理由は彼女ではなく、彼女の父にあった。

実はつい先日、メルシィの父であるウィンド公爵の汚職が発覚したのだ。

それ自体は、そこまで大きな問題ではない。

大貴族であれば、誰も似たようなことはしている。故意かそうではないか多少の差異はあれど、全く脛《すね》に傷がないような者は、王国の貴族にはほとんどいない。

今回の場合はウィンド公爵のそれが、たまたま表沙汰になってしまったに過ぎない。

その証拠に今回の国王陛下から言い渡された処遇は、いくらかの罰金と屋敷での蟄居《ちっきょ》のみ。御家《おいえ》の取り潰しになるような大事にはなっていないし、家格を落とすような厳しい沙汰も下されてはいない。

しかし全寮制で閉鎖的な魔法学院では、それは単なるどんな貴族でもするやらかしとしては扱われなかった。

日々話題も少ない学生達からすれば、それはようやくできた、身分が上の人間を中傷するための材料となってしまったのだ。

この学院は王国のエリートを育成するための教育機関ではあるが、当たり前だが俗世のしがらみと無縁ではない。

親が多大な寄付をしてくれるメルシィの家のような大貴族や王族達には、かなりの配慮がなされている。

全寮制と謳ってはいるものの伯爵家以上の人間は屋敷からの通学が許されていたりすることに、不満を持つ学生は少なくないのだ。

常に暗殺や襲撃などの危険が付きまとうことや、もしものことがあれば監督不行き届きということで物理的に首が飛びかねないと教師陣の方も喜んでいたりもするのだが、少なくとも未だ社会を知らぬ生徒達にはそんなことは関係がない。

ウィンド公爵は良くも悪くも貴族的な人間であり、あまり評判や評価が高くないというのも皆がメルシィいじめに走った原因の一つだろう。

結果としては些細だったはずの出来事には尾ひれがつき、あちこちにありえないほどの拡大解釈をされながら、皆が面白がるための話題のタネになっていった。

公爵の汚職事件以降、以前メルシィの周りにいた取り巻き達は大きく数を減らした。

彼女のことを馬鹿にするような陰口が叩かれることも増えた。

けれどメルシィはそれくらいなら構わないと、話題の端にも出しはしなかった。

しかし目の前で自分の父を悪し様に罵られれば、話は別だ。

セシリアは以前からかわいがっていた、公爵家の寄子のとある子爵家の娘だった。

見知っていた相手だからこそ、彼女の発言は看過できない。

だがどうやら肉親をバカにされ激昂したメルシィの態度すら、周囲の者達には面白い見世物らしい。

新たな話題が提供されたぞと喜んでいるようにすら見える。

「で、どうするんだ？　セシリアは謝りたくないってよ」

「謝りなさい、セシリア！　頭を垂れ、這いつくばって、泣きながらお父様に謝れ！」

「平行線だな。魔法学院で互いの主義主張が対立したときは――」

「「「魔法決闘《マジック・デュエル》だ！」」」

周りにいる生徒達が、決闘だ決闘だとはやし立て始める。

まるで最初からシナリオが存在しているかのような作為的な盛り上がりにはわずかながらに違和感を抱いたりもしたが、些細な疑問は怒りに溶けてどこかへ行ってしまった。

魔法学院には、今はもう廃れてしまっている古風な決闘文化が、未だに存在している。

もっとも決闘とはいっても、以前のように騎士達が磨いてきた剣技を使い己の誇りにかけて行われるものではない。

行われるのは魔法決闘――魔法使いが互いに魔法をぶつけ合い、どちらが優れた魔法使いであるかを決める決闘へと変わっている。

だがいくら学院生同士でのこととはいえ、魔法決闘が行われることは滅多にない。

メルシィが記憶していたところによると、直近で行われたのも何年か前に、難癖をつけられたとある辺境伯家の令嬢が行ったのが最後だったはずだ。

そのときは圧倒的な実力を持っていた令嬢の方が圧勝したために、事故は起こらなかったと聞いている。

けれど魔法をぶつけ合うわけで、怪我をすることも少なくない。

魔法の威力で負けた方は相手の魔法を食らう可能性だって決して低くはなく、下手をすれば嫁に行く前のメルシィの玉の肌に傷がつく可能性もある。

というかそもそもの話、決闘など良家の子女がするようなものではない。

けれど……。

「――それに勝ったら、謝ってもらえるのですね？」

「ああもちろんだとも」

生来《せいらい》の激情家であった彼女は、その決闘の申し出を受けてしまう。

「セシリア嬢はか弱い女の子だ、当然だがこっちは代理人を立てさせてもらうぜ――おいっ、ランドルフ！」

「はいはい、僕はこういうのはあんまり好きじゃないんだけどね」

生徒達の壁を割るように出てきたのは、ランドルフ＝ビッケンシュタイン。

伯爵家の三男であり、本来なら家を追い出され根無草《ねなしぐさ》になるはずであった境遇を、己の魔法の才能で覆した天才だ。

学校の成績は上から三番目で、既に軍役の経験もあると聞く。

ランドルフの方に驚いた様子はない。

彼はむしろどこか冷めたような、盛り上がっている周囲からは一歩引いたような態度を取っている。

彼の口ぶりからしても、事前に話が通してあったことがわかる。

メルシィはここにきてようやく我に返り、冷静な思考をすることができるようになっていた。

セシリアが自分の父のことを馬鹿にすることであえて挑発したことも。

自分を激昂させて周囲に騒ぎ立てさせ、魔法決闘に誘導したことも。

そしてその代理人に、今のメルシィでは勝てないような実力者を選んだことも。

これら一連の出来事は、自分を狙い撃ちして仕組まれたことなのだ。

メルシィは戦慄した。

今から始まるのは、公開処刑なのだ。

公爵家令嬢を公衆の面前で叩きのめそうと行われる見世物。

滅多に見れないショーが見れるとあって、周りの生徒達の興奮のボルテージは最高潮に高まっている。

「無論そちら側もか弱い公爵令嬢です、代理人を立てたいというのなら認めましょう」

陰で馬鹿にされているメルシィの代理人をしてくれる実力者など、このユークトヴァニア王立魔法学院にはいないことなどわかっているはずだというのに。

それを理解した上で、セシリアの隣にいる男子生徒はそう口にした。

開かれた口が三日月形に歪む。自分が企んだことがうまくいったときに人が見せる、薄暗く陰のある笑い方だ。

メルシィは周りの人間に見えぬよう、小さく拳を握った。

公爵家の人間として育てられてきた彼女は、どれだけ悲しかろうと人前で涙を流してはならないと教わってきた。

どれだけ酷い目に遭わされようと、辱めを受けようと、心の内は決して表には出さずに貴族としての責務をまっとうするべきという領主教育も受けている。

けれど先ほど父を馬鹿にされたことで、自分の感情にしていた蓋の封を切ってしまった。

怒りからか恥ずかしさからか、それともこんな目に遭わされる悲しみからか。

本来ならば表出《ひょうしゅつ》することもなかったいくつもの感情が濁流のように押し寄せてきた。

今すぐにでも人目のないところへ行ってしまいたい。

そして自分の気持ちを洗いざらいぶちまけて、楽になってしまいたい。

そんな風に安易な道を選ぼうとしてしまう自分を戒め、メルシィはグッと堪えたまま歯を食いしばった。

今の彼女にできることは、耐えることだけなのだから。

けれど一度崩れた仮面を修復するのは、そう簡単なことではない。

気が付けば彼女は、地べたにぺたんと足をつけて座ってしまっていた。

(既に学院に……私の味方なんて、一人だって――)

メルシィは最後まで涙は流さずにいようと決めた。

それが公爵家の人間として生まれた自分がすべきことだと、信じて疑っていなかったから。

今の自分は、一体どんな風に見えているだろうか。

自家の権勢をほしいままに振るっていた、落ちた公爵令嬢としか思われていないのだろうか。

去来《きょらい》するいくつもの思いに胸がはち切れそうになる。

メルシィが弱っているのは、傍から見ていて明らかだった。

高慢で高飛車な公爵令嬢に泣きを見せることができるようになるまで、あと一息だと見定めた生徒達は、更なる追い討ちをかけようとする。

「まぁ、今のあなたの側に立ってくれるような奇特な人物でもいれば――」

「はいはーい！　俺立候補しまーす！」

泣き崩れそうになるメルシィはハッとした顔をする。

一体このショーを壊そうとしているのは誰だと、生徒達がざわめき出した。

手を挙げたのはどこのバカだ、折角いいところだったのに。

そんな不満の声が上がるが、生徒達の頭より高い位置でピンと伸びている一本の腕は微動だにしていなかった。

どうやら手を挙げた人物は、全く動じていないらしい。

皆の視線が、人混みの中で浮いている一本の腕へと集まる。

その人物にスポットライトを当てるかのように、人の波がさっと左右に割れていく。

そこにいたのは――灰色の髪をした一人の少年だった。

誰だあいつは、などという声は上がらない。

良くも悪くも、彼は学院の有名人のうちの一人だったからだ。

彼の名はアッシュ――姓を持たぬ平民でありながら、魔法学院へ入学した秀才。

とはいえ、アッシュの学院内での評価は散々であった。

遅刻寝坊は当たり前、授業に出席した回数よりも欠席した回数の方がずっと多い。

だというのに何故か退学になったりすることもなく、こうしてのうのうと学院に通っている。

由緒正しき魔法学院に在籍するのは相応しくないと何度も抗議を受けても、どういうわけか平気な顔をして学院に通い続けている。

ただ、アッシュが悪目立ちしてしまう一番大きな理由は別にあった。

このユークトヴァニア学院に在籍しているもう一人の平民の人物と比べると、その素行が悪すぎるのだ。

もう一人いる平民の名はライエン。

平民でありながら、溢れる魔法の才能を持つ天才だ。

なんとその才は王から直接入学の推薦を受けるほどなのだから、今では王国の情報通であれば彼の名を知らぬ者はいない。

ちなみに、実技も筆記も学院内でナンバーワンの成績を修めている、超絶エリート（おまけにイケメン）なのである。

同級生である第一王女イライザからも才を褒められたライエンの陰に隠れてしまうせいで、アッシュについて語るような者はほとんどいない。

その素行の悪さや度々学院の授業をサボるその態度の悪さから、これだから平民は……などという平民蔑視のやり玉に上げられるときくらいにしか名前の出てこない、文字通りの不良生徒であった。

「バッカじゃねぇのお前ら。もう一回言うよ、バッッッッッッッッカじゃねぇの！」

膝から崩れ落ち、女の子座りで廊下にへたり込んでいたメルシィを庇うようにアッシュは前に立った。

彼はポケットから手を出して、こうジェスチャーした。

お前ら頭が、くるくるぱー。

それに激昂する生徒達を煽るだけ煽り、続きは「魔法決闘で！」と強引に話を打ち切る。

彼はそのままにぱっと笑って、後ろにいるメルシィの方を向く。

だがその瞬間、今生徒達に喧嘩を売った人と同一人物とは思えないほどに、彼の挙動はおどおどとした不審なものに変わった。

「だ……大丈夫だった？　ごめん、ホントならこんなことになる前に助けられ……いやでも、まさかこんな短慮《たんりょ》な行動に出るだなんて思うはずが……これが歴史の修正力ってやつなのか。ぶつぶつ、ぶつぶつ……」

後ろを向いたは良いものの、メルシィの目を見て話すことができずに視線はあっちへふらふらこっちへふらふら。

手首を見たかと思えば次には足先を見ている有様で、とにかく落ち着くということがない。

そして何故か顔を真っ赤にしたかと思うと、ぶつぶつと意味がわからない言葉を話し始めた。

やっぱりこの人は、変な人だなぁと内心で失礼なことを考えるメルシィ。

（モ――アッシュさんは会ったときから、何も変わらないまま）

既に彼の本当の名前を知ってから一年以上経っているというのに、未だメルシィは彼の名前を間違えそうになってしまう。

それほどまでに、初めてアッシュを見たあのときの印象が強烈だったのだ。

アッシュは今の自分では届かないほどに強い、正しく憧れのような存在だけど……彼はやっぱり、変な人なのだ。

「あ、あのっ！」

「わっ、わひゃいっ！　なななななんでしょう⁉」

「どうして……？」

どうして、私を助けたの？

どうして、私の側へ来てくれるの？

どうして、生徒達に喧嘩を売るの？

それにどうして……そんなに挙動不審なの？

様々な意味を含んだ質問を受け、彼女の瞳に宿る複雑な色を見て取ってから、アッシュはうむむと唸った。

まるで二人以外に他の誰もいないかのような態度で、彼は頭を悩ませている。

当たり前だが、周りにいる人間は、数は減ったとはいえ未だ健在。

今アッシュとメルシィがしているやりとりも、周囲の人間には見られてしまっている。

だからメルシィとしては素を出してしまうわけにもいかず、公爵家の人間として相応しいように堅い態度を取り続けている。

けれどアッシュの方は周囲の目など全く気にしてはおらず、完全に自分の世界に入ってしまっていた。

騒ぎ立てるのも馬鹿らしくなったのか、先ほどまであった喧噪《けんそう》はすっぱりと止んでしまっている。

「それは俺が……」

「あなたが……？」

「俺が……君を助けるためにこの世界にやってきたから、かな？」

「なっ、えっ……っ!!」

それって告白、というかプロポーズでは……とメルシィの頭は一瞬で真っ白になる。

そういったアピールに対して慣れていないせいで、彼女は顔を真っ赤にしながら俯かせてしまう。

だが不思議なことに、キザったらしいセリフを吐いたアッシュもまた顔を赤く染めてそっぽを向いていた。

その初々しい態度から考えて、どちらも相手のことを憎からず思っているのは明らかだった。

「どうやらアッシュの野郎、メルシィに懸想《けそう》してるらしいぞ！」

「おいおい、なんだかメルシィの方も満更でもなさそうじゃないか！」

「落ちこぼれと落ちた令嬢……これ以上お似合いな組み合わせもなかなかないぜ！」

また周りの人間が好き勝手に言い始めた。

けれど今度は自分のことでいっぱいいっぱいだったので、メルシィの方も周囲に気を向けるだけの余裕がなかった。

二人の仲を邪推したり、下世話な方向へ話を進めようとしたりするような者もいる悪い雰囲気の中、恐らくはランドルフだけが彼のことをじっと見つめていた。

静止し、一挙手一投足を見逃さぬよう目を皿のようにして、自分が戦うことになるであろう相手を、じっくりと観察しているようだった。

何秒か観察してから、ランドルフはゆっくりと口を開く。

「これは忠告だけど、過ぎた思いは身を滅ぼすよ。殺しはしないが、止めておいた方が身のためだ」

「……ははっ、その言葉そっくりお前に返す。そしてお前に俺とメルシィ……さんの仲をどうこう言われる筋合いもねぇ！　さっさと行こうぜ、ボコボコにしてやるからよ！　もう俺を縛るフラグはない、ここから俺は自由に生きる！　お前程度のモブに時間はかけてられないわけ」

アッシュは周囲の人間には何を言っているかさっぱりわからない言葉を連発していた。

だが周りに伝わらないのは当然のことだ。

何故なら彼が今語っているのは全て——前世で彼がやっていたゲームに関する話なのだから。

アッシュはこの世界——『マジカルホリック9-nine-』、通称ｍ９の世界に転生することになった元日本人だ。

彼は主人公ライエンが女の子達と共に成長しながら仲良くなっていく恋愛ＡＤＶにＲＰＧ要素を足したＰＣゲームの、とあるキャラに生まれ変わったのである。

そのキャラの名は——アッシュ。

名前が付いている時点で名無しのモブキャラではないのだが、アッシュは決して主要とは言えないキャラクターとしてこのｍ９の世界に生を受けた。

ではアッシュとは、そもそもどういうキャラなのか。

その説明は、至極簡単に言えば『お助けキャラ』である。

アッシュはゲームの序盤に出てくるキャラで、魔物達の湧き出るダンジョンへ入ろうとする主人公ライエンに色々と手ほどきをしてやる同い年の有望な新人冒険者だ。

アッシュは主人公に先んじて冒険者として活動をしており、周りからは将来有望と見られている。

そして出会ったときには主人公であるライエンよりも各種能力は高く、主人公達が苦戦するようなボスも彼の手助けがあることで難なく倒すことに成功する。

しかしその後魔王軍幹部の居場所へつながる魔法陣が見つかることで事態は急転。

不気味な気配を放ってはおけないと中へ入った一同は、奥へ進みとある魔物を発見する。

そしてなし崩し的に戦闘へ突入し、先ほどまでのお遊びのような戦いとは違う、本物のボス戦が始まるのだ。

魔王軍の幹部であるその魔物の圧倒的な強さを示すためか、アッシュは為す術無く殺されてしまう。

そして目の前で先輩冒険者を殺されたライエンは、怒りから彼の持つ真の力に目覚め、覚醒した勇者としての力を使うことでボスを倒すことに成功する……といった具合である。

要はアッシュとは物語の展開上、主人公覚醒のための尊い犠牲として初期のうちに死んでしまう哀れなキャラなのである。

ゲームをやっていたときは、こんなにあっさりやられるのかよと鼻をほじりながら思ったくらいで、気にもかけていなかった。

だがそれが現実の話となり、危険が自分の身に降りかかるとなれば話は違う。

実際にそのキャラに転生してしまったアッシュにとって、それは将来自分が辿ることになる未来そのものなのだから。

魔王軍の幹部に即殺されぬよう、というかむしろ返り討ちにしてやるべく鍛錬を続けてきたおかげで、彼は十三歳にして既に人並み外れた実力を手に入れていた。

そう、それは主人公ライエンを始めとする有名どころのキャラクター達と肩を並べられるほどに。

アッシュのレベルと戦闘能力、そして魔力量は既に尋常のものではない。

彼には覚醒したライエンと――つまりは勇者の力を使えるようになったライエンと伍《ご》することができるだけの実力がある。

わけあって力を隠していただけであり……不良として見られているのはあくまでも表向きの姿でしかない。

今目の前にいる、明らかに噛ませ犬みたいな人間に負けるほど柔な鍛え方はしていないつもりだ。

そしてメルシィのためであれば、自分の真の力を見せることになんら躊躇いはない。

「メルシィさん」

「な……なんですか？」

「あ、あとでお茶でも一緒にどうかな？」

「……ふふ、はい。喜んで」

「よっしゃ！」

ｍ９には不良王女や幼なじみ伯爵令嬢、敵を裏切って人間側につく魔物っ娘などなど、ヒロインの数はサブも含めると九人もいる。

だがその中でバグ（仕様です）のせいで攻略できない主要キャラが二人いる。

ライエンの妹であるポプラと、不遇な目に遭わされ転落人生を辿ることになる悪役令嬢のメルシィだ。

そう、今アッシュの目の前にいる彼女はゲームなら本来攻略できないはずのキャラクター。

彼女はアッシュと同じく、物語の展開上不遇を強いられることになる。

アッシュがメルシィを助けたのは自分と似た境遇にシンパシーを感じていたから――だけで

はない。

彼が前世で一番好きなキャラが、彼女だったのだ。

メルシィは実は普通の暮らしがしたいけれど、親族に強制されるせいでどこまでも公爵令嬢のような振る舞いしかできないという女の子だ。

だがその心の内が語られるのは初回限定版のドラマＣＤの中でだけ。

ゲーム内ではあくまでも、傲慢に振る舞う悪役令嬢のメルシィが転落人生を転がっていくようにしか描かれていない。

どれだけパッチを当てても彼女を攻略したり、幸せにできるルートがないと知ったときは絶望した。

悪役令嬢をどこかではき違えている制作陣には、ゲーム設定から送れるアンケートで長文の苦情を入れたりもした。

だが彼らがメルシィというキャラを生み出してくれたのも事実なので、それに倍するくらいありがとうのメッセージを送りもした。

メルシィのグッズが出ればそれがどれだけ高値であろうと買おうという強い気概を持ち。

けれど実際のところ、メルシィのファン人気はそれほど高くないのでグッズはそれほどの高値にはならずに、やるせない気持ちになったことも数知れず。

アッシュは前世では、それくらいに厄介なメルシィファンだったのだ。

そんな推しを前にして、まともに話ができるはずがない。

目を見て話すことができないのは、単純に好きの気持ちが強すぎて直視ができないからだ。尊さが極まり後光《ごこう》すら感じるほどだった。

信心深くない日本人であるアッシュが、メルシィ教を立ち上げようととち狂った考えを抱くほどに好きになったメルシィと会うのは、実は初めてのことではない。

彼女の運命を変えようと、具体的には悪役令嬢的な感じで転落人生を歩むことがないよう、実は少し前にアドバイスをしていた。

そもそもメルシィが凋落《ちょうらく》してしまうのは、彼女が原因というわけではなく、彼女の父であるウィンド公爵が隣国と内通していたことが発覚し、御家がお取り潰しになるのがその原因である。

アッシュが予め未来を示唆することでメルシィが動き、結果的にウィンド公爵が実際に内通を始める前に、それを止めることができた。

そうして彼女の運命を改変することに成功したアッシュではあったが、彼はメルシィとの関係性を改善することには全くもって失敗していた。

既に最初に会ってから一年以上の時間が経過しているというのに、二人の関係はその頃からなんにも変わっていない。

こうやってイジメられるような事態にならぬよう、自分なりに手を打ってはいたつもりだったのだが……実際にイベントが起こってしまったのだから、まだまだ足りていなかったということなのだろう。

本来とは異なり汚職で蟄居を命じられただけのウィンド公爵。

権勢がなんら落ちたわけではないのだから、メルシィは未だ将来有望な公爵家のご息女だ。

更に今ではウィンド公爵の立場は、本来のｍ９世界での立場より良く、国内での発言権も高まっているというのに……。

汚職という言葉のインパクトや溜まっていた鬱憤が発散できるということに浮かれたせいで、学院生がはっちゃけてイジメに走ってしまうとはさすがに想像できなかった。

彼らの短慮が過ぎたせいで、原作通りのイベントが起きてしまった。

原作とは違い、公爵家が御家取り潰しになってはいないのだ。一度退学になったメルシィが、特待生枠として復学したりもしていない。

だから今まではたとえ文句があっても親の威光が怖いから黙っていたような小物達がいきがりだしたり、取り巻きが離れていくようなことはないはずだった。

そう言って、自分の失敗にもっともらしい理由をつけることはできる。

けれどそんな御託を心の内でいくら並べたところで、アッシュにとっては到底納得などできなかった。

今この瞬間、メルシィが悲しんでいる。

過程もしてきたことも関係ない。

アッシュにとっては、その結果が全てだった。

メルシィのそんな表情は、見たくない。

自分で動いて彼女にアドバイスをしたのだって、こんな風に彼女に悲しんでほしくなかったからだ。

彼はいつだって、メルシィに笑っていてほしかった。

メルシィには、外ではあのキリッとしたお嬢様然とした姿を保ち続け、家に入ればパジャマで寝たままお菓子を食べるぐーたら娘でいてほしいのだ。

普通の女の子でありながら、誰よりも気高くあろうとするメルシィのことが、アッシュは大好きなのだから。

「ほら、行こうメルシィさん。俺ってば実は強いから、安心していいよ」

「……知ってますわ。私はあなたが、誰よりも――あのライエンさんよりも強いってことを」

「あはは……一度も勝ったことはないけどね」

素知らぬ顔をしてとぼけるアッシュに、メルシィはくすりと笑った。

まだ他の人の耳目《じもく》があるうちは、アッシュはどこまでも不良少年で通すつもりらしい。

メルシィはアッシュが差し出した手は握らずに、一人で立ち上がる。

そしてそのままスタスタと歩き始めてしまった。

その態度は冷たいようにも見えるが、さっき耳元で囁かれた言葉はひどく温かい。

たったそれだけのことで、アッシュの気持ちはどこまでも高く舞い上がる。

アッシュ自身、メルシィが自分のことをそれほど好意的に受け止めているとは思ってもみなかった。

以前二人きりで会ったときのことを思い出してみると、自分はお調子者で変な人くらいの認識だろうとばかり思っていたのだ。

だがどうやらそうではないらしい。

メルシィが呟いた、好意の含まれた言葉。

耳に届いたのはたった一言だけだったが、アッシュにはそれだけで十分だった。

推しの認知が取れたオタクのような気分になっているアッシュは、自分がしたことは決して無駄ではなかったのだと、自分がこの世界に生まれ落ちてからしてきたことが報われたかのような満足感に包まれるのだった。

二人は少し距離を取りながら、魔法決闘を行うために歩き出す。

向かう先は、校舎に併設されている練技場だ。

アッシュは晴れやかな気分を隠そうともせず、スキップをしながら己の推しヒロイン（何故か攻略不可能）の後ろをついていくのだった……。

今は王国暦一四五年、ｍ９の主人公であるライエンが十三歳になる年だ。

通常、魔法学院の学生は入学してから一年が経過するとダンジョンへ入り戦闘の訓練を積むようになる。

ライエンは既に、ダンジョン突破を成し遂げていた。

それも外部の冒険者達の手は借りず自身のパーティーだけで。

更に言うのなら、彼はただ踏破《とうは》をしただけではなくそこに巧妙に隠されていた罠を見抜き、転移魔法陣の先にいた魔王軍幹部すら撃破していた。

ただ一人の犠牲もなく、である。

――そう、本来なら死んでいたはずのアッシュはこうして今、ピンピンしながら好きな女の子のケツを追っている。

彼は既に、己の死の運命を克服していた。

更に言うなら本来はライエンが入るはずだった特待生枠に食い込み、彼とライバル関係になっている。

そしてメインヒロインである王女イライザとも交友を持っており、彼らの組むパーティーメンバーの一員になっていたりもする。

アッシュがどのように成長し、本来のルートを外れながら死亡フラグをたたき折ったのか。

そこに至るまでの道筋は、決して平坦なものではなかった――。

第一章　転生、そして邂逅

『マジカルホリック 9-nine-』、通称m9の世界へ転生したとアッシュが気付いたのは、生まれてからしばらくが経過してのことだった。

最初は剣と魔法の異世界に転生したのだとばかり思い、テンションが上がった。

冴えないサラリーマンだった人間が転生時にチートな力を授かり、それを使って好き勝手に生きていくというのは最近流行りの異世界転生ものにはよくある展開だ。

早く魔法の練習を始めてスタートダッシュを行うべく語学の習得をしていくうちに、何度も呼びかけられている言葉から、自分の名前がアッシュであるということに気付いた。

別にどこにでもいるようなありふれた名前なので、最初はなんとも思っていなかった。

というかこの段階では、アッシュというキャラクターのことなど全く頭にすら浮かんではおらず、m9の世界に転生しているとは気付かなかった。

けれど言葉がわかるようになり、両親や家にやってきた人達の話を聞いてるうちに、脳裏に疑問符を浮かべるようなことが起こった。

王妃が、一人の女の子を生んだというニュースを耳にした彼は驚愕する。

新たに生まれた第一王女の名はイライザと言い、王妃に似た綺麗な金色の髪をした赤子らしい。

両親がしていた話を聞き、彼は確信した。

第一王女、イライザ、アッシュ。三つの偶然が重なるはずがない。

自分はｍ９の世界に転生したんだ……彼は転生をしてから数ヶ月の後に、ようやっとそれを理解したのだった。

そして理解して……まず最初に絶望した。

夢の異世界転生ライフが待ってはいないことに気付いたアッシュは、大泣きしてしまったほどだ。

まだ感情の抑えの利かない乳飲み子の体にある、前世にプレイしていたｍ９の記憶を辿れば、自分の身に降りかかる不幸がわかってしまった。

アッシュに転生してしまったということは、自分は余命宣告を受けたに等しいのだ……と。

アッシュというキャラは、原作では今から十二年と少し後、主人公覚醒の前にある所謂負けイベントで死ぬ運命にある。

彼は魔王軍幹部のヴェッヒャーという魔物に、殺されてしまうのだ。

アッシュは主人公であるライエンが彼の持つユニークスキルに覚醒するための尊い生贄となる運命にあった。

そんな風にｍ９の世界に転生したことを知り、そして実質的な余命宣告を受け、泣き止んだアッシュは果たしてどう思ったのか。

その答えは、偶然にも彼が初めて喋るタイミングと重なった。

アッシュが最初に口から出した言葉は、パパやママなんてかわいらしいものではなく――。

「よっしゃあ！」

という漢らしい雄叫びに似た叫びだった。

きっと手の自由が利けば、ガッツポーズもしていたことだろう。

彼は前世で、あまりセールスが振るったとは言えなかったｍ９の大ファンだった。

要は自分の身に振りかかる不幸を嘆く気持ちよりも、ｍ９の世界に転生したという事実への歓喜の方が圧倒的に強かったのだ。

アッシュはｍ９が大好きだった。好きすぎて人に迷惑をかけるかかけないかギリギリのラインで綱渡りをしているくらいにこのゲームを愛していた。

一回しか送れないアンケートには、文字数限界まで長文の感想をタイプし、ゲーム会社へ送った。

良かったところだけではなく不満点もしっかりと盛り込み、ゲームバランスを調整するためのパッチの内容の提案までしてから、最後に攻略不可能な推しヒロインを褒め称えて〆るという厄介オタクっぷりだった。

各ゲームショップごとの特典はもちろん網羅している。

初回限定版と通常版、明らかにオタクを狙い撃ちした本当に必要か少々怪しい付属品が多数ついている豪華特装版まで全て買い集めていた。

コミケに出るほどのマンパワーがないために、自社サイトから飛べる通販ページでしか買えないグッズも、全て揃えていた。

そして既に生産が停止していたグッズに関しては、ネットオークションや各種フリマアプリを有効活用することでコンプリートすることに成功していた。

m９のために使った時間を全て別のことに使えば一廉《ひとかど》の何かのプロになれていただろうが、結果として生まれたのはm９という単語を聞けば飛んでくる一人のモンスターだった。だがそのことに対して、これっぽっちも後悔などしていない。

m９の世界に生まれることができたのだから、ゲーム内で自分が成人する前に殺されることすら、最早彼にとっては些事でしかなくなってしまう。

自分の推しキャラにだって会えるし、プレイヤーの分身だったライエン（名前は変更可能、もちろんアッシュは前世の自分の名を入れてプレイしていた）と親交を深めることもできる。

その夢のような事実の前にはそれ以外の全てがどうでもよかった。

アッシュが好きだったキャラクターのメルシィ＝ウィンドはそもそもバグ（仕様です）で攻略ヒロインですらなかったが、メインヒロイン達だってかなりの粒ぞろいだ。

面白い女の子達ばかりだから、絡んでいった方が今世は絶対に面白くなるだろう。

王女イライザ、幼なじみ伯爵令嬢のスゥ、学院に潜入している暗殺者ミコトさんに、元魔王軍軍師のエルメス。

時間を忘れて楽しめたルートも結構多かった。

アッシュは主人公ではないし、ヒロイン達と親交を深めても、ストーリーに歪みは生まれないだろうという確信があった。

……彼は前世では『一緒にいて楽しいけど、そういうのはちょっと考えられないからお友達で』と言われ続けてきた男だったのだ。

アッシュにはそういう関係には発展しないだろうという、だいぶ後ろ向きな自信があった。

それに彼がヒロイン達と親交を深めたいのは、なにもただ楽しそうだからという理由だけではない。

m9というゲームに、ハーレムルートは存在しない。

彼女達の中には選ばれなかったことで、日の当たる世界から暗闇に戻ってしまう者もいるのである。

負けヒロインになってしまった子達のメンタルケアとかしてあげたいし、場合によっては救いの手だって差し伸べてあげたい。

そう思えるのも、それが実際に出来るのも、m9にどっぷり浸かっていたアッシュだけだろう。

だが先ばかりを見ていては足を掬われる。

なんせ十二年後には、自分にはヴェッヒャーに殺されるという死の運命が待ち受けているのだから。

まずはそれを回避するために何ができるか、彼はそれを考えた。

出した結論は、

「おうけのはかあらし！」

「あ、あんた、またアッシュが喋ったよ！　おうけのはか……王家の墓荒らしっ!?」

そんな言葉どこで覚えて——まさかあのバカ《旦那》、また変なことを企んでるんじゃ……などと言って怒鳴りながら父へと殴り込みをかけにいく勇ましい母親の言葉を聞き流しながら、アッシュはどうすれば己を待ち受ける運命を捻じ伏せることができるかを考えていく。

そして己の死の運命を克服するに至るまでの道筋を、一本の線にして脳内で描いていった。

アッシュの死の運命を回避するだけなら、ただあの運命の日に主人公ライエン達と行動を共にせず、別の場所にいればいい。

だが、それではダメだ。

あの場所でライエンが覚醒しなければ、ボスであるヴェッヒャーを倒すことはできない。

そして彼が覚醒をするためには、それこそ顔見知りの死のような、何か特別なトリガーが必要となるはずだ。

もしかしたら死ぬのがアッシュではなく、他のヒロイン達になる可能性だってある。

更に言えば、もしライエンが覚醒しないままこの世界から退場することになってしまった場合、この世界が詰んでしまう可能性だってある。あまり下手なことをして、その危険を増やすわけにはいかない。

ただ、それだけでもない。

折角大好きだったゲームの世界に生まれることができたのだ。

もしm9の世界に生を受けたのなら、メインキャラやヒロイン達と関わりを持ちたいし、一緒に遊んだりしてみたい。そんな二次創作みたいなことを考えたことも一度や二度ではない。

そんな妄想が、現実になったのだ。であれば、夢を叶えようと頑張るのも悪くない。

そして贅沢を言うのなら……自分の推しキャラである攻略不能ヒロインのメルシィを、遠くから見て尊みを感じていたい。アッシュは実際に推しの認知が欲しいというより、推しが健やかに生きていることを遠くから見ているだけで満足するタイプの、草食系寄りなオタク君だった。

イベントのために死ぬようなことはしたくない。

そしてm9の世界のキャラクター達と交流をしてみたい。彼ら彼女らを襲うことになるであろう不幸を事前に知っているからこそ、彼らが失敗し舞台から退場する前にその脅威を事前に取り除いてあげたい。

アッシュが抱いているこれらの思いの全てを解決させる、いい方法がある。

――とにかくアッシュという人間が、強くなればいいのだ。

この世界にはレベルの概念がある。

魔物を倒したり、強力な相手と戦って戦闘経験を積んでいくことによって、経験値が蓄積されていき、レベルが上がるようになっているのだ。

そしてレベルが上がる度に攻撃力や防御力、魔法の威力に直結する知力などの値が全体的に向上していく。

ヴェッヒャーを殺せるくらいレベルを上げて強くなり、物語の舞台となる魔法学院に庶民でも入れるくらい強くなり、各種イベントでヒロイン達を助けることができるようになるくらいに、強くなればいい。

負けイベントを覆すとなればかなりのレベル差が必要となってくるのは間違いない。

ちなみにアッシュの前世での記憶では、m9で起こる負けイベントを覆すことはほぼ不可能だったはずだ。

有志によって判明したバグを使えば、一応強引に戦闘を勝利で終えることはできた。

けれどそのバグは1・02のパッチが作られたときにはすぐに修正されたし、そもそもバグを使っても、勝った場合のパターンは用意されておらず、ただ本来のストーリー通りに進行するだけだった。

ドラ○エであってもチートをしてちからのたねを増殖させたりでもしなければ負けイベをクリアするのは難しいのだから、レベル上げは相当なハイペースで行う必要があるだろう。

具体的な目標としては40だ。

これは後の魔王軍襲来において戦うことになる、ヴェッヒャーと同格の魔王軍幹部を倒すために必要とされるレベルだ。

ヴェッヒャーに関しては傷を負っているために全力を出せないというようなことを言っていたはずなので、そこまで上げられれば多分安全圏に入るだろう。

このm9の世界における実力者とは、大きく分けると二つのパターンがある。

一つ目は純粋に戦いの場数が多く、高レベルな実力者。

高い能力値と豊富な戦闘経験を遺憾なく発揮し、武術なり魔法なりで敵を圧倒する者達である。一般的にこの世界での実力者とは、こちらのことを指すことが多い。

そしてもう一つのパターンとは、強力なスキルを持っている者達のことを指す。

この世界には、スキルと呼ばれる特殊な能力が存在している。

強力なスキルとなると、レベル差があろうと相手を倒せてしまう、いわゆるチートスキルのようなものも多い。

スキルと一口に言っても、実は二つの種類がある。

一つ目は、一部の天才達が生まれたときから持っている固有スキル。

そして二つ目は、巻物《スクロール》を使えば誰でも後天的に使えるようになる汎用スキル。

巻物は一度使えばなくなってしまう消費するタイプのアイテムであり、複製などもできない。

この巻物は古代文明由来の遺物であり、作成に使われている技術は現代では再現できない。

そのため元々の数もかなり少なく、希少性の高いものであれば貴族でもおいそれと手が出せないような天文学的な値段がつくこともある。

だがアッシュには前世のゲーム知識がある。

隠し部屋、ダンジョン、宝物庫。

巻物がある場所など、いちいち攻略サイトを開かずとも即座に思い出せるほどにはこのゲームをやり込んでいる。

アッシュが王家の墓荒らしと舌足らずな発音で喋ったのは、記憶の中にある巻物の中で、今一番求めているものがまず頭に浮かび上がったから。

脳内のインデックスから、その巻物のある場所を引き出したからだった。

（まずは、自分が知っている巻物を使いあの汎用スキルを獲得する。そしてそこから先は……レベル上げか、また別の巻物を狙いに行く）

ゲーム知識のアドバンテージによって巻物を大量に使い、レベルを効率的に上げることさえできれば、序盤のお助けキャラでしかないアッシュでも、この世界で活躍することができるはずだ。

現にこの世界には、この大量の汎用スキルとレベルアップによってその名を轟かせることになる、伝説の傭兵も存在している。実例がある以上、それは決して不可能なやり方ではないのだ。

魔王を倒すのは主人公であるライエン以外には不可能だが、それ以外のことならどんなことだってできる。

ストーリーが正史通りに進行してくれるようにキャラ達を導いていくことや、バッドエンドにならぬように、不遇な目に遭うことになるキャラ達に手助けをすることくらいなら、序盤しか役目のないお助けキャラであるアッシュにだってできるはず。

（俺が主要人物達全員を助けられるくらいのお助けキャラになれば、本来のゲームではなかった大団円ですら可能かもしれない……そう考えると、なんだか心が躍ってくるぞ！）

アッシュは物語の序盤における、主人公パーティーのお助けキャラだった。

(それならいっそ、プロローグからエピローグまでライエンを導けるような、最強のお助けキャラを目指そうじゃないか。――うん、それが一番いい気がしてきた)

折角俺の大好きなm9の世界に転生できたんだ。

やってやる、やってやるぞ。

アッシュの心は燃えていた。

……後ろで激しく言い争う自分の両親の夫婦喧嘩に気付かぬまま。

彼がまず最初に目指すことを決めたのは、王家の墓。

攻略本によるとその推奨レベルは――71。

メインストーリークリア後の世界で、イライザルートを選択した場合のみ解放される隠しダンジョンの一つだ。

そんな難攻不落のダンジョンに、生後一歳にもならぬアッシュは挑もうとしていた。

m9には各ヒロインごとにバッドエンド、グッドエンド、トゥルーエンドの三つが存在している。

王家の墓というダンジョンが解放されるのは主人公ライエンがイライザをヒロインに選び、トゥルーエンドを迎えた場合のみである。

王位を継承したイライザは、元国王である父から王家の墓の存在を教えられる。

謁見室の下に隠された転移魔法陣から飛べるその場所の最奥には、強力な宝が眠っているらしい……と。

だが、長年使われていなかったことで魔物が湧いており、ラスボスクリア前の魔物強化イベントにより手がつけられぬほど凶悪になった。

それでも魔王を倒したお前達なら……と教えられることをトリガーにして、ダンジョンが解放されるのだ。

そもそも魔物が発生するような場所に墓を作るなとか、なんで魔物が出るようになる前に秘宝を取らなかったんだ、なんてことは言いっこなしである。

ゲームにあまりにも現実的な思考を持ってくるというのは野暮というものだ。

重箱の隅をつつくより、ゲームを楽しんだ方がいいと相場が決まっている。

ちなみに余談だがトゥルーエンドとグッドエンドにしか固有のCGは存在せず、バッドエンドは見なくてもCG回収ができるような設計になっている。

そういう細かいところに手の届く仕様が、アッシュがm9にハマった理由の一つだったりする。

(イライザが国王と仲直りをし、第一候補に繰り上がっていた妹を継承レースで倒すことで正式に王位を継ぐトゥルーエンド、いい話だったよなぁ)

(今まで仲違いしていた国王を恥ずかしがりながらお父さんと呼ぶイライザの姿は、思わずイライザ推しになりそうになるくらいの破壊力があったし)

（でもイライザはさすがに学校に入るまで会ったりするのは難しいだろうなぁ、なんせアッシュは食堂経営してる両親から生まれた庶民だし）

アッシュは既に三歳になり、外に遊びに行くと言って門限の限りで好きなことができるようになった。

そして彼は実は今、既に王家の墓へ潜入することに成功していた。

アッシュのレベルは……驚きの1。

魔物や人と戦っていないので当たり前だが、そんなスライムに殺されるような貧弱ステータスでクリア後に解放される隠しダンジョンへ潜るなど、本来ならあり得ぬことである。

そもそもイライザルートのクリア後にしか入れないこの場所へ彼が入れてしまっているのには、もちろん理由がある。

それはこの世界の仕様上の穴を利用した、ある種の裏技に近いものだった。

この異世界は、m9の世界に限りなく近い現実だ。

だが先ほども述べたように、当たり前だがゲームと現実は違う。

この世界は、その二つの差異がなるべく少なくなるように、いくつかの要素を現実として落とし込んだような作りになっている。

そのためなるべく現実と辻褄が合うよう、色々と手直しが加えられているのだ。

今回アッシュがやってのけたのは、ゲームを現実として再現しようとする世界の在り方を逆手に取るやり方だった。

本来なら王家の墓は、ダンジョンのクリア後に壁が割れ、出口へつながる転移魔法陣が現れる仕組みになっている。

そしてクリア済みのアッシュはその出口側の転移魔法陣がどこにあるのかを知っている。

王家の墓の出口は、王宮から街中へ脱出するための抜け道の道中にある。

無論その道は王族の中でも一部にしか知らされていないが、ゲームの中では現王の旦那だった経験のあるアッシュは、当然それらを把握している。

アッシュは王都の外れにある洞窟へ入り、三回ほど天井の特定位置を叩くと現れる地下階段を下って抜け道へ入り、そして本来ならクリアと同時に崩れる壁を借りてきたスコップで掘り進めた。

すると彼の予想通り、王家の墓の最奥部へつながる転移魔法陣があった。

彼はそこへ入り、そして今、目論見通り宝箱の置かれているダンジョン最深部へと辿り着いている。

「正直うまくいくかは半々だったけど……賭けには勝てた」

にやにやと人の悪い笑みを浮かべながら、アッシュは目の前にある宝箱へ手を伸ばす。

そして蓋を上げて、中に入っているお目当ての宝物を持ち上げる。

魔法陣の青い光に照らされたそれは、緑色の巻物。

今アッシュが最も欲していた、汎用スキル『偽装』の巻物《スクロール》だ。

本来ならパーティーの一員であるイライザが手に入れるはずの宝物を勝手に使ってしまうこ

とに、良心《りょうしん》の呵責《かしゃく》はある。

だがこれは自分が生き抜くために必要不可欠なものなのだ、と彼は心の中で謝りながらも巻物を使用した。

「――ぐぅっ!?」

巻物を広げた瞬間、激しい頭痛が襲いかかってくる。

そして頭が割れるような痛みの中に、『偽装』の使い方や用途が情報として流れ込んでくる。

やってくる痛みがなくなったときには、既にアッシュは『偽装』の使い方を完全にマスターすることができていた。

『偽装』は己の見た目やレベルを偽るスキルである。

これを使えばアッシュは、名前や見た目を偽り、スキルで作り上げた架空の人物として動けるようになる。

「よし、それじゃあ早速……」

折角だからと、早速『偽装』を使ってみることにした。

「おお、こんな感じになるのか」

アッシュの視界は変わらない。

けれど彼の体を覆い、更に付け足すかのように幻影が浮かんでいた。

そこにいるのはどこにでもいそうな、少し気の弱そうな青年の姿だった。

この見た目で通用するのなら、本来なら十二歳を超えなければ入れない冒険者ギルドにも、三歳児の自分でも入ることができそうだった。

今後自身を強化していくにあたってレベル上げを行うために魔物を倒すことは必要不可欠。だからこそダンジョンの隠し部屋へ入り、この巻物を手に入れることは絶対に必要だった。見た目通りの三歳児では、冒険者しか入れないような、魔物の出没する危険地帯に挑むことは難しいからだ。

『偽装』がスキルとして使えるようになったことで、持っていた巻物がサラサラと灰になって消えていく。

アッシュは本人の知らぬところで、イライザに対して一つ大きな借りを作ってしまった。

そもそもイライザルートに入らなければ手には入らないし、更に言うならクリア後には姿を偽る必要がなく金に変えるくらいの用途しかないため、ゲームでは入手しても腐るだけの巻物だった。

けれど借りは借りだ。アッシュはもし何かあったときにはイライザの力になろうと心に決めた。

こうしてイライザが手に入れるべきだった巻物を使ってしまった分は、どんな形であれ必ず借りを返さなくてはと、アッシュは決意を新たにする。

そしてスキルを使用したまま、二十歳前後の若者の姿で転移魔法陣へ足を踏み入れようとして……立ち止まり、そして振り返った。

そして一度戻り、巻物の入っていたもの以外の宝箱も全て開けていく。

ゲームにありがちだが、大事な物の入っている宝箱の周囲には何故か小銭や一般アイテムの入っている外れとも言える宝箱が存在していることが多い。

この場所も例に漏れずそういった小物がたくさんあった。

けれどラスボスクリア後に入るのを想定されたこの場所では、中に入っているアイテムは外れどころかとんでもない代物ばかりだった。

なんせ出てくる金貨の量はもう一生遊んで暮らせるくらいの額だったし、薬草感覚で入っていたのはエリクシルと呼ばれる最高級の回復薬だった。

ここまでやるとただの墓荒らしなんじゃ……という気がしないでもなかったが、そんな要らん真実に思い至りそうになる前に考えることをやめ、アッシュは宝箱の中身を根こそぎいただいてから、転移魔法陣に入っていくのだった。

——結局一度も戦闘はせず、レベルは1から変わらぬままで。


自らの見た目を偽り、アッシュは行動範囲を更に広げることができるようになった。

当たり前だが、彼がまず行ったのは冒険者ギルドである。

アッシュはそこで、冒険者としての登録を済ませ、活動を開始した。

冒険者というのはダンジョンを攻略し、中から魔物の素材やお宝を見つけ出す者達のことを指している。

ある程度の自由が利き、魔物と戦う経験が積めるなんていう都合のいい職は、今のアッシュにはうってつけだった。

名前がそのままだと万が一ということがあるかもしれないかと思い、セピアという偽名を名乗ることにした。

アッシュだから灰色、そこからくすんだ色を連想してセピア。どうやらアッシュに、ネーミングセンスはないらしい。

長ったらしいギルド規則の説明や、迷宮内でのいざこざの避け方なんかの基礎事項の説明を終えると、あとは登録料だけ支払えばご自由にどうぞといっただいぶ放任な感じだった。

（レベルを上げるためには、一日でも早くダンジョンに潜って魔物と戦いたいところではある）

実は毎日ひっそりと魔法の練習をしていたおかげで、スライムやゴブリンのような魔物程度には遅れは取らないという自信はあった。

けれどアッシュは未だ、対人戦も含めて、戦闘経験はゼロのままだった。

彼は近場にあるとあるダンジョンへ向かおうとしたのだが……その場所へ近付くにつれて、体がブルブルと震えだしてしまうのだ。

体がこの先へ進むことを、完全に拒絶しているのである。

さすがにそんな状態では戦えるはずもなく、ダンジョンへの突入は断念せざるを得なかった。

アッシュはため息をついてから、冒険者ギルドにある練習場を使わせてもらおうと予定を変えることにした。

まだ一度も使ったことのない的を使って、魔法の練習を思いきりやってやろう、と気持ちを切り替えることにしたのだ。

――体が動かなくなってしまう理由は、もちろんわかっている。

王都から日帰りで帰れる距離にあるダンジョンはただ一つ、『始まりの洞窟』のみ。

そこは王立ユークトヴァニア魔法学院の生徒達が魔物に慣れるために入る、初心者向けのダンジョンだ。

けれどアッシュというキャラクターにとって、その場所はまた別の意味を持つ。

始まりの洞窟は……ゲーム内で、アッシュが殺されることになるダンジョンなのだ。

隠されている転移魔法陣さえ見つけなければ……つまりは最奥の居間にさえ行かなければ大丈夫……だとは思うのだが、絶対の確証はない。

死への恐怖は、簡単には拭い去れなかった。

結果としてアッシュは未だ、魔法の練習をするだけで依頼はほとんど受けていない。

冒険者ギルドの建物の脇に立てられている練習場は、大きなドーム状の空間だ。

中はギルドより広く、紐を円の形に置いてある模擬戦用の空間と、遠くにある的を打ち抜く飛び道具練習用の空間の二つに分けられている。

アッシュが利用するのは、もちろん後者の方だ。

今後のことを考えると誰かから剣技を教えてもらったりもしたいのだが、残念ながら現状ではそれは不可能なのである。

アッシュの手に入れた『偽装』のスキルは、相手の視覚と認識の一部を誤魔化すものだ。

そのため皆にはアッシュが二十歳前後の取り柄のなさそうな青年に見えているはずだし、彼が精一杯手を伸ばして渡した物を受け取っても、違和感を抱かないようにはなっている。

だが一般的に、汎用スキルは固有スキルと比べるとスキル自体の能力が低い。

汎用スキルである『偽装』には固有スキル『隠者の心得』のような相手に幻覚を見せる力はないし、触覚まで偽装するような器用なこともできない。

そのため仮に剣で模擬戦でもしようものなら、剣を持っている高さを偽装できぬアッシュが見た目を偽っていることが、あっという間にバレてしまう。

未成年も未成年な三歳児であることがバレれば、即座にギルドから追い出されてしまうだろう。

そのため今の彼にできる練習は、他人に触れずにできるものに限られる。

具体的に言うなら、素振りと魔法の特訓。この二つだけだ。

練習場は基本的に、予約をせずとも使用することができる。

無論混み合っていたら順番待ちになったり、名前を立て札に書いて予約をしたりすることもあるのだが、今回はアッシュ以外に的当てをする人はいなかった。

的当ては近距離・中距離・遠距離の三つから打つ場所を選ぶことができ、的からの距離は順に5・10・15メートルとなっている。

模擬戦をしている男達の野太い声を聞きながら、アッシュは練習を始めることにした。

とりあえず最初は、近距離から試してみる。

彼は既に三歳にして、魔法を使うことができる。

アッシュが魔法を使おうと意識を集中させ、目を閉じる。

するとまぶたの裏に文字列が描かれた。

ＭＰ　９／９

魔法

魔法の弾丸《マジック・ブリット》　使用ＭＰ１

この世界において、魔力はＭＰとして明確に数値化される。

アッシュは誰かに魔法を習ったことはなかったが、このようにかなりシステマチックな仕組みなので、それほど苦労せず魔法が使えるようになった。

彼はそのまま魔法を選択し、発動させる。

「魔法の弾丸《マジック・ブリット》」

ＭＰを１消費して魔法が発動する。

ＭＰを消費し魔力が魔法に変わる瞬間、アッシュは激しい頭痛を感じる。

そして同時に、倦怠感が全身を襲った。

魔力は肉体と精神に密接に関係しており、消費するだけでかなりの痛みや疲れを伴う。

魔法に集中力が必要とされているのは、そういった痛みや疲労を押さえつけて魔法を発動する必要があるからではないか、とアッシュは考えていた。

アッシュは魔法を使うたび、頭に小さな針が刺さったような鋭い痛みを感じる。

だが実は、これでもかなり治まった方なのだ。

最初の頃などは使ったあと一日中頭が割れるように痛く、両親が部屋に入ってこようとも無様にえんえんと泣き続けていたほどだ。

だが最初の激痛を乗り越えることができたおかげで、今のアッシュは鋭い痛み程度なら十分に耐え、魔法を発動させることができる。

アッシュの頭上に、丸く白い光の玉が現れた。

大きさは握りこぶしくらいで、ふよふよと不安定に宙に浮かんでいる。

魔法の弾丸は、魔力を成形して飛ばす最も簡単な魔法だ。

後には属性を付与したり、魔力を多めに込めて威力を高めたりすることもできるらしいが、今のアッシュにはそこまでのことはできない。

彼にできるのはこの新人魔法使い御用達の魔法を愚直に発動させ、前方へ飛ばすことだけだった。

目算五メートルほどの距離を、魔法によって生成された弾丸が飛んでいく。

この魔法の弾丸は、引き絞ってから放った矢と同じくらいの速度がある。

目視してから避けるのは、相当運動能力が高くなければ難しいだろう。

バスッと音が鳴り、弾が標的に当たる。

赤く色の塗られたド真ん中とはいかなかったが、一応中心部には攻撃が当たった。

「ふぅ……」

表面に張られている魔物の革素材に穴は空かなかったが、その中にある木材には凹みができている。

魔物の皮膚も突き破れない弱い攻撃だが、別に悲観したりする様子もない。

魔法の弾丸の真価はその発動までの時間の短さと、連射の利く応用性の高さにある。

一度でダメなら二度三度と続けて打てばいい。

一回につき魔力の消費が1なら、あと八回は撃てるのだから。

再度意識を集中させ、魔法の弾丸を発動。

一度、二度、三度。

蓄積された痛みのせいか、耳鳴りが聞こえ出す。

だが確実に、革の内側にある木材にダメージを与えることができている。

四発目、木材を押さえていた支えが取れかけ、的が大きく斜めに傾く。

そして五発目の弾丸を放ったところで、固定していた支えから的が飛び上がった。

精神を研ぎ澄ましているアッシュには、その光景がコマ送りのフィルムのようにゆっくりと見えている。

生きてる魔物に当てる練習だと思え。

そう自分に言い聞かせながら、更に意識を奥深くへと沈めていく。

六度目、弾丸が的があった場所を通り過ぎていく。

外れたことに舌打ちをしながら、微修正をして七発目を放つ。

今度は早すぎて、的の下を飛んでいってしまった。

これで最後と、気合いを入れて八度目の発射。

弾丸は吸い込まれるように的へ飛んでいき、寸分違わず最初に当たったところへぶつかった。

パカンと乾いた音がして、中に入っていた木材が二つに割れる。

魔物の革から割れた板材が落ちて、音を立てて地面に転がった。

「……よしっ！」

大きく息を吐いてから、息を整える。

額の汗を拭いながら深呼吸をしていると。

的が割れたからか、自分の後ろから拍手が聞こえてくる。

褒めてくれているのだとは思うが、アッシュとしては純粋に喜べない。

この威力では、魔法を連発できたところで、倒せる魔物は多くても二匹が限度。

ＭＰは大体一分に1ずつ回復するので、戦闘ごとに休息を取ればダンジョンでもやっていけるだろうかといったところだ。

これではまだまだ先が思いやられる。

アッシュは自分が三歳だということを忘れながら、歯噛みしていた。

果たしてあと十年足らずで、間に合うのだろうか。

レベルもスキルも、魔法の修行も――。

「ねぇ君、すごいじゃん。初心者じゃないっしょ、絶対」

「あ、どうも……………えええええっ!? シルキィちゃんがどうしてここに!?」

「どうしてって……魔法の練習しようと思っただけだよ。――ってあれ、君に名前言ったっけ？ ……つか、ちゃん付け。お友達の輪、拡がんの風みたいに速くね？」

自分に拍手を送ってくれた相手に一応礼を言おうと振り向くと、そこには彼が知っているキャラクターの一人が立っていた。

緑色の髪と瞳をした美少女。

猫背で気だるげで、一見すると無気力にも見える彼女は、アッシュのよく知る人物だった。

ギャルのような話し方をする彼女の名は……シルキィ＝リンドバーグ。

リンドバーグ辺境伯家の一人娘でもある少女だ。

彼女はｍ９の後半パートで起こる王国防衛戦で仲間にできるようになる、主人公陣営のサポートキャラの一人。

風魔法の天稟を持ち、後に王国で最も優れた風魔法使いに与えられる称号である『風将』となる女性でもある。

アッシュはストーリーと関係のない、全く予想もしていなかった場所で、m９の登場キャラと初めて顔を合わせることになる――。

だが目の前のシルキィは、アッシュが知っている彼女よりかなり幼いような気がする。

たしか二十四歳だったはずだけど……と考えて、今が本来のゲーム開始時点よりずっと前であることを思い出す。

王都防衛戦が始まる……つまりシルキィがキャラとして登場するのは、ライエン達が入学して更に三年が経ってからのこと。

逆算すれば、今のシルキィは十二歳のはずだ。

十二歳、ということは今年ようやく冒険者ギルドに登録したばかりのはず。

いくら彼女が風魔法の天賦の才を持っているとはいえ、冒険者界隈で名を上げているはずもない。

入ったばかりのギルドでいきなり自分のことを知っている人間に出会ったら、不審がるのも当然だろう。

(ヤバい……つい目の前に知ってるキャラがいたからテンションが上がっちゃった。でもm９ファンなら仕方ないことだとも思う)

シルキィは、合計二度行われた人気投票においていずれも上位へのランクインを果たしている。

いつも気だるげで、口癖は「風になりたい」。

めんどくさそうな態度ばかりとるけれど実は家庭的で、料理がめちゃくちゃ上手くて……と脳内でオタク特有の早口で誰に対してかわからないキャラ紹介を行い。

シルキィが人気投票の結果発表ページでつぶやいていた一言について言及したあたりで、今の自分の状況に気付く。

自分があまりに沈黙しすぎていることを思い出し、内心で冷や汗をかく。

ハッとして意識を現実に戻してから前を向くと、むむ……と言いながらシルキィがアッシュのことを見つめていた。

少し垂れているけれどつぶらな瞳、長いまつ毛、宝石のように輝く御髪《おぐし》。

目の前に大好きなキャラがいるという事実に、胸の高まりを抑えきれない。

嬉しさと焦りのダブルパンチで、もう心臓はバクバクだった。

自分の態度や言動は、不審に思われてはいないだろうか。今の自分に、清潔感はあるだろうか。

そんなモテない婚活男子みたいな疑問を浮かべながら、蛇に睨まれた蛙のようになっていた。

「……ま、いっか。うちの家は有名だから、どっかで見たってとこでしょ」

「そ、そそそうです。リンドバーグは優れた魔法使いの家系なので、俺も一魔法使いとして見習いたいと……」

「どもんなし、キショいよ」

シルキィは、言葉自体は割と辛辣だ。

だが、それがいい。

アッシュはそう思うタイプの人間だった。

決してMではない……はずだ。

「ま、いっか。ね、そろそろMP戻った頃っしょ？」

「あ、はい何発か打てる程度には」

「そっか、それじゃあ私が手ほどきしたげる。私が教える機会なんて滅多にないんだから、ありがたく頂戴しとき～？」

「えっ……本当ですか!?　ありがとうございます！」

「うんうん、人間素直が一番」

アッシュは今まで、魔法を誰かに習うことができず、独学でやるしかなかった。

平民の自分に魔法を教えてくれるような物好きなどどこにもいなかったし、そもそも高い授業料を払えるだけの経済的な余裕もなかったからだ。

そのため彼は魔法を使おうとすると浮かぶあのMPと魔法名の表記だけを頼りに、独学で魔法の練習をしてきた。

痛みがやってくるということと、それが魔法を使っていけば徐々に収まってくるという話は人づてに聞き、その不確定な情報だけを頼りにこれまで魔法を使ってきたのだ。

ゲームにもそんな設定はあった気がするが、実際にやってみると痛みも疲労もとんでもなくキツかった。

ゲームとリアルはやはり違うのだ。魔法が使えるようになるまでに、アッシュはそれを嫌というほどに味わわされた。

なんにせよ、教えてもらえるというのならありがたい。

しかもそれが将来王国の防衛の一端を担う『風将』シルキィからともなれば、こんなに嬉しいことはない。

この機会を逃すわけにはいかない、とアッシュは真剣に話を聞く態勢になり、意識をシルキィへと向ける。

真面目モードになったアッシュを見て、シルキィは満足げに頷いてから的の方を指さす。

「あんた……えっと、名前は何？」

「あ、すいません。セピアと言います」

「セピアね、わかった。ねぇセピア、あんた魔法は独学っしょ？」

「えっと……はい、その通りです」

どうして当てられたのか一瞬不思議に思ったが、シルキィは適当に受け応えするギャルみたいな口調をしているものの、かなりいいとこの出のお嬢様だ。

魔法使いの数は、この世界ではかなり少ない。恐らくは王国内にあるのだろう魔法使い達のコミュニティの中に自分の姿がないことから、予想ができたのだろう。

「魔力を持ってるのは、大体百人に一人。その中で魔法の痛みに耐えられるのが五人に一人、更にそれを使いこなせるだけの才能か根性がある人間が十人に一人。まずおめでと、セピア。

あんたは既に、倍率五千倍の魔法使いの切符を手に入れてる。あとは駆け上がるだけだから、頑張り～」

「五千倍………」

魔力を持っている人間がそれほど多くないということは、両親から聞いていたのでアッシュも知っていた。

だがそこから更にふるいにかけられることも、自分が気付かぬうちにそれを乗り越えていたことも全く知らなかった。

ただ魔法を使いたい、ゲームでアッシュが使えていたから自分にもできるはず。というかできるようにならなくちゃ死ぬから、もうやるっきゃないとがむしゃらに頑張ってきた。

その努力が実ったのだと他ならぬ天才魔法使いシルキィに認めてもらえたことが、アッシュには何よりも誇らしかった。

「まずセピアは、そもそも魔法って何個覚えてる？」

「魔法の弾丸の一つだけです」

「……それは、レベルアップで覚えた？」

「……わかりません、ただ気付いたら使えるようになってたんです」

「――ふぅん、そっか」

それきり静かになったシルキィの様子に若干の違和感があった。

けれどその理由をアッシュが尋ねようとするよりも、彼女が再度口を開く方が早い。

「ちなみに魔法の覚え方にはいくつかの種類があるの。基本的にはレベルアップして覚えるか、もしくは……」

「魔法が使える魔物を倒すか、ですね」

この世界における魔法とは、魔力があれば誰でも使えたりするものでも、弟子に教えることで鍛えることができるような技術でもない。

新しく魔法を覚える方法は二つ。

一つはレベルアップをして自分に適性のあるものが自然と体に馴染むのを待つ方法。

こちらがよりローリスクローリターンな方法になる。

そして二つ目の方は、ハイリスクだがその分だけ実入りも大きい。

それは、自分に適性のある魔法を使う魔物を倒してその端緒を手に入れるという方法だ。

魔法という技術は、完全に才能と適性がものを言う。この世界では何よりも血統が重視される。

「そう、だからレベルアップしながら魔法も覚えられる魔物との戦いが一番効率がいいってわけ。ダンジョンにはもう潜った？」

「いえ……実は潜ろうとしましたけど、怖くなってやめちゃいました」

少し恥ずかしかったが本当のことを言うと、彼女はきょとんとした顔をした。

あひる口を作りながらジッとアッシュを見るその目は、いつもより開いているように見える。

どうやら二十歳超えた見た目をした、冒険者になろうとしている男が怖いと言い出すとは、思ってもみなかったらしい。

（まあ、精神年齢込みなら本当はそれより年上なんだけど……でも未来の自分の殺人現場ってわかってると、やっぱり二の足を踏んじゃうんだよなぁ）

内心でひとりごちるアッシュを見たシルキィは、こくんと一度頷いた。

「大丈夫だよ、ダイジョーブ。魔法の弾丸は学院で最初に教えてもらえる魔法。始まりの洞窟に魔法の弾丸だけで挑む生徒も結構いるし」

「スライムの核やゴブリンの頭、今の俺でも抜けると思いますか？」

「ん、余裕っしょ。気付いてなかったん？　セピアが撃ってた的、私用の特注のやつだよ。他より硬くしてあんの」

「へ……ごめんなさい、勝手に使ってしまって！」

シルキィは「いいっていいって」と手をひらひらさせながら笑う。その本当に気にしていないといった様子にほっとしながら、自分が壊してしまった的を見つめる。

自分は魔法の弾丸の威力が低いのだとばかり思っていた。

だが的自体の強度がどうにも高いという話らしい。

となると、魔法は自分が思っていたよりも威力が出ているのかもしれない。

（俺の実力は……自分で考えてたよりは、高いのかな？）

シルキィに認められると、なんだか自信が湧いてきた。単純と言われればその通りだが、自分の好きなキャラに認められるというのは、m9オタクのアッシュからするとかなりでかいのである。

「とりま、今のセピアはあんま他の魔法に浮気すべきじゃないと思う。魔法の弾丸を学院がなんで最初に教えるか、わかる？」

「威力は低めでも、連射ができたり数でカバーできたりと応用範囲が広いから。それに属性付与ができるようになればどんな敵にも対応できるようになる」

「そう。それに威力だってレベル上がりゃ強くなるよ。ほれ、見てみ。水魔法の弾丸《ウォーター・ブリット》」

シルキィの指先から、水の属性を付与した魔法の弾丸が放たれる。

的に当たった瞬間、練習場内にドガァンという轟音が響く。

そのあまりの大きさに、模擬戦をしていた者達すら手を止めて壊れた的へ目をやるほどだ。

綺麗だったはずの的は真ん中に大きな穴が空いており、その周囲は水に濡れて黒く変色していた。

自分が八発かけてようやく穴を空けたものを彼女は、たったの一発で抜いてしまった。

しかも革ごと貫通させ、後ろの壁に大穴まで空けてしまっている。

レベルアップに伴う知力値の上昇による威力の差があるとはいえ、その魔法はアッシュのものとあまりにも違っていた。

これが才能の差なのだろうか……と落ち込みそうになるアッシュは自分を鼓舞して前を向いた。

年上の未来の『風将』と張り合うのがそもそも間違っているのだ。

自分は自分のペースで、着実に強くなっていけばいい。

（……でも本当に、そんなことで運命を変えられるのか？）

強くなろうとしているアッシュを見たシルキィは、「なんだ、男の子じゃん」とからかいながらも、

「戦ってくうちに二連三連で装填したり、遅延《ディレイ》かけて置くこともできるようになるから、結構応用も利くよ」

「魔法の弾丸の練習だけしてればできるようになりますか？」

「うん、多分。連射する練習をしっかりすれば、魔法の弾丸に二連・三連って表示が増えてくようになるよ。遅延はフレイル火山のタイムキーパーとか倒せば手に入るし、セピアならレベル上がってくうちに覚えられるんじゃない？」

とりあえず、自身の持つ原作知識と大きく異なる点はないようで少し安心する。

今回のシルキィから教わる知識は、どちらかというと確認作業に近かったかもしれない。

だがそれでも、アッシュとしては大満足だ。

こうしてシルキィと話ができているというだけで、十分すぎるほどに嬉しいのだから。

ただこうして話をしていて、思ったことがある。

今のシルキィはまだ十二歳、つまり魔法学院に入学したばかりのはずだ。

だというのに彼女は既に、とんでもない強さを持っている。

しかも自分が本当に得意な風魔法を使わずにこれだ。

——このレベルに到達することが、果たして自分にできるのだろうか。

魔法学院に入る年齢となると、自分がヴェッヒャーと運命の戦いをする年齢とほとんど変わらないということになる。

ということは自分も彼女の年齢になったとき、あれくらいに強くならなくちゃ……そう考え出すと、不安や焦りが募ってくる。

「んじゃ、私帰るわ。やっぱここじゃなくて、家の練習場使う」

「あっ……ありがとうございました！」

気付けばシルキィは自分の的を回収し、この場を去ろうとしていた。

シルキィの背中が、今のアッシュにはあまりにも大きかった。そんな大きな背中が、徐々に離れて小さくなっていく。

ただお礼を言い、シルキィと会えた感動を胸にしまっておければ、それでいい。

最初はそう思っていたというのに。

今の自分とはあまりにもかけ離れているシルキィの背中を見つめているうちに、気付けばアッシュは口を開いていた。

「——シルキィさん、あのっ！」

「ん、どしたん？」

「俺は……俺はあなたみたいに強くなれますかっ⁉　シルキィさんのような、強い魔法使いに！」

恐らく自分が十二歳になったときあれだけの実力があれば、魔王軍幹部ヴェッヒャーにいいようにやられることはないだろう。

今まで一人で修行を続けていたアッシュの目の前に現れた、一人の少女。

明確な指針や目標もないまま闇雲にやってきた中で、彼女の存在は今のアッシュにはあまりにも大きかった。

漠然とではあったが、己の目指すべき場所が見えたのだ。

それは近い将来『風将』となる、麒麟児シルキィの背中。

高くそびえ立つ壁は、目標とするには適しているだろう。

自分が『風将』を超そうなどというのは、無謀かもしれない。

（――けどっ、それでも、俺は……っ！）

アッシュは内心で葛藤しながら、あまりにも大きく見えるその背中を追って駆けた。

「んーとね……」

立ち止まってくれたシルキィは自分の唇に手をやりながら、くるっと首を捻る。

こてんと首を傾げて、悩んでいる様子だった。

それは自分が知っている大人な『風将』シルキィとは重ならなかった。

年相応の純真さを持った無垢な仕草に思わずうっと喉の奥から声が漏れる。

揺れる髪とつぶらな瞳が、ドクンとアッシュの心臓を高鳴らせる。

「なれるよ、うん。セピアならきっと……あ、そだそだ」

今度こそ去ってしまうのかと思ったら、彼女はパンと手を打ち合わせてからスタスタと近付いてきた。

さっきよりずっと距離が近付いてくると、流石に緊張から体が強張ってしまう。

気付けば彼女は、アッシュに息が届くほどの距離にまで近付いていた。

が、あまりに身長が低いので彼女の吐息を感じ取ることはできなかった。

残念だけど、仕方ない……少し変態チックなことを考えていたアッシュは、次の瞬間度肝を抜かれた。

——シルキィがセピアの下半身……というか、自分の顔の前にグッとその身を寄せたのだ。

そしてあろうことか偽装しているはずのアッシュの耳元に口を近付けて、

「ねぇ、ホントの名前教えてよ」

「……アッシュです」

「年は」

「……三歳」

「そ、覚えとく」

シルキィはそれだけ言うと、すぐに体を離して距離を取った。

傍から見ると男の下半身に声をかけているヤバい女性でしかなかったと思うが、彼女は流石と言うべきか目撃者が出ないように動いていた。

アッシュの方は自分の正体がバレるという特大のポカをやらかしたことで、逆に冷静になることができた。

彼女はどういうわけか、自分が見た目を偽っていることに気付いているらしい。

何故……と考えて、自分が完全にド忘れをしていたことに気付く。

「そうか……固有スキル」

「そそ、私のは戦い以外にも使えるの。よくそこまで理解できたね？」

シルヴィの持つ固有スキル、『風精霊の導き』。

風魔法の威力を上げ適性を引き上げるだけではなく、相手の周囲の風を読み取り嘘発見器ばりの観察眼が手に入るチートスキルだ。

彼女はそれを使って、自分の正体を看破したのだろう。

「早く家帰んなよ、パパとママが心配するよ」

「うるさいっすよ……そっちだって、両親と仲良くないくせに」

「う……それ言われると弱いなぁ」

やられっぱなしが癪だったので、お返しに自分が知ってる情報を言ってやった。

どうやら効果は覿面だったらしい。

だがよく考えるとまた本来なら知らないはずの情報を口から出してしまった。

それに気付くと、だらだらと冷や汗が出てくる。

どうも転生してから、うかつになったような気がする。

もしかすると体に精神が引っ張られてしまっているのかもしれない。

「けどあんたなら始まりの洞窟は余裕でいけるっしょ。さっさとクリって別んとこ行かないと、魔法増えないよ」

「そうっすね……わかりました、行きますよ。どうせいつかは行かなくちゃいけないんだ、やってやるさ」

「ふぅー、おっとこのこぉ」

「からかわないで下さい！　俺の方が年上ですから！」

前世の年齢と実年齢を足してという意味だったが、シルキィには今のアッシュの見た目を考えろという意味に取られたらしい。

「からかうのはこのへんにしとくわ、じゃね」

と、シルキィは今度こそ練習場を去ってしまった。

一人取り残されたアッシュは、魔法の弾丸の練習を続けることにした。

今日は練習に費やして、明日からはダンジョンに潜ってやる。

シルキィなんぞさっさと超えてやろうじゃないかと意気軒昂《いきけんこう》に、彼は一撃で的を射貫くのだった――。

シルキィ＝リンドバーグという少女は、自他共に認める天才だ。

齢十二にして二十を超える魔法を使いこなし、既に三つのダンジョンをソロで踏破している。

その若さでそれだけのことを成し遂げられた人間は、世界広しと言ってもそうはいない。

だがどれだけ才能があっても、世間のしがらみというものからは逃れられない。

シルキィは父である辺境伯に、王立ユークトヴァニア魔法学院へ通うことを強制されていた。

既に学校で習うようなことは、十歳になる前には修了しているというのに。

『広い世界を見て、交友関係を作ってこい』

父の言っていることの意味が、シルキィには全く理解ができなかった。

才気に溢れ将来を嘱望《しょくぼう》されているせいか、父は妹たちとは違いシルキィに対しひどく冷たかった。

そのせいで血がつながっているとは思えぬほどに他人行儀な関係が、今も続いている。

ある日シルキィは、最近サボり気味の魔法学院を抜け出してふらふらと歩いていた。

しかし染み付いた習慣のせいで、気付けば足は魔法の練習のできる場所へと向かってしまっていた。

魔法学院の生徒達のことも、やっている授業も、全てをダルいと一蹴している彼女にとって、学院は決して過ごしやすい場所ではない。

そのため彼女が王都で授業をサボる場合は、人の目を気にして始まりの洞窟で魔法の練習をすることが多かった。

しかし丁度前日と二日前にも同じことをしたばかりだ。

魔法の練習もマンネリ気味だったので、シルキィはふとした思いつきでギルドの練習場へと向かうことを決める。

そして彼女はそこで……己の世界があまりにも狭かったことを知るのだ。

自分がトイレから帰ってくると、さっきまで自分がいた場所に一人の男が立っていた。

シルキィは自分の感覚を疑った。

彼を通り抜ける風に違和感があったのだ。

本来の彼の上半身を風はするりと通り抜け、下半身にしか留まっていない。

デュラハンのような魔物がギルドの中に潜入したのかと思ったが、それも違う。

事実はそれよりよっぽど奇妙だった。

見た目を偽っている男の正体は……まだ自分の半分も背丈のない子供だったのだ。

彼は魔法使用時の痛みに顔をしかめながらも、たしかに魔法の弾丸を放っていた。

あの少年は既に、魔法が使えるのだ。

シルキィが魔法を使えるようになったのは、七歳になった頃だった。

痛みに耐えきれなくてビービー泣いている彼女を鞭で打ち、父は強引に魔法の使用を強制してきた。

おかげでなんとか魔法使用時の痛みが耐えられるレベルになったのだが、そのときの記憶は今でも軽くトラウマとなっており、父嫌いの原因の一つにもなっている。

(あれ、何歳よ。七歳よりはずっと下……それこそ、五歳にも満たないくらいじゃ……？)

あり得ない、と自分の中の常識が告げていた。

しかし目の前にいる子供はたしかに、魔法の弾丸を放っている。

あれだけ速射ができるとなると、使っている回数は百や二百では利かないはずだ。

ただの子供が、それだけの痛みに耐えられるはずがない。

あまりに若いうちに魔法を使わせると痛みに耐えきれず、無痛症になったり心が壊れてしまう者も多いため、魔法を使うのは十歳になってからというのが普通だ。

自分も早い方だと思っていたが、彼の場合はそれ以上。

子供が平然として魔法を放つその異常さに、シルキィは思わず興味を持った。

そして話しかけて、彼女の関心はますます引かれた。

（間違いない、目の前の少年セピアは——私以上の天才だ）

シルキィの予想は、彼から詳しい話を聞くにつけ確信へと変わっていく。

彼は誰からも習うことなく、独学で魔法を身につけていた。

それは正しく、天が彼に与えた才能だ。

魔法の基本の身に付け方は、レベルアップと魔物討伐の二つ。

だが実は、他にもう一つ有名なものがある。

それは……生まれたそのときから、天から魔法を授けられているパターンだ。

この前例は極端に少なく、たしか一番最近あった事例でも百年以上前のことだったはず。

だが今目の前にいる彼は——魔法の弾丸を、神から与えられている。

そして実戦で使用可能なレベルまで使い続け、精神をまともに保てている。

天才――いや、そんな言葉では生ぬるい。

彼は、怪物だ。

シルキィは周囲から天才だと褒めそやされ、自惚れていた自分が恥ずかしくなった。

こんな人材が在野《ざいや》に眠っていると知り、自分の不明を恥じた。

シルキィは別れ際、セピアの本当の名を教えてもらった。

そして彼が、正真正銘の三歳児だったことも。

「アッシュ……アッシュか」

彼女は久しく帰っていなかった家の別邸に向かいながら、その名前を繰り返す。

アッシュは、とんでもない才能を秘めている。

それも、魔法の才だけではない。

――彼は一部の人間にだけ手に入れることができる、固有スキルすらも持っている。

私と同じだ、と呟いて家の門をくぐる。

シルキィが持つ固有スキルは『風精霊の導き』という。

風魔法の威力上昇や嘘看破、軽い天候操作や風精霊の召喚までこなせてしまう非常に強力なスキルである。

m9でビジュアルをもらっている主要キャラ達は、多かれ少なかれこのような理不尽なスキルを持つ者が多い。

アッシュが飛び込もうとしている世界は、こういった化け物達の巣食う戦場なのだ。

（あの子が持ってたのは、恐らくは幻覚や偽装系の固有スキル。諜報を生業にする一族とかに、こういったスキルを持つ者が多かった気がする……）

ということは、アッシュは見た目を偽ってまで冒険者になる必要があるような、特殊な生まれに違いない。

まさか彼が隠しダンジョンに裏から入り、王家の墓を荒らして金品と一緒に『偽装』の巻物を奪ってきたなどとは考えもしていないシルキィは、全く見当違いの方向に予想を進めていた。

「久しいな、シルキィ。どうしたのだ急に、学院へは……」

「ねぇ、父さん」

久しぶりに会う自分の父――リンドバーグ辺境伯は、相変わらずの偉丈夫《いじょうふ》だった。

とても魔法使いには思えぬような筋骨隆々とした肉体は、たとえＭＰが切れても前線で戦って肉弾戦で魔物を殺すために鍛えているらしい。

そう教えてもらったのは、果たしてどれくらい前のことだっただろうか。

学校をサボっていることをたしなめようとした父の言葉を、シルキィは遮った。

問答をしに来たわけではない。久しぶりの親子水入らずの話し合いをしようというわけでもない。

彼女がわざわざ家に戻ってきたのは――。

「私に稽古付けてよ、全力で」

ブワッ！

シルキィの周囲に暴風が吹き荒れる。

それを見て驚くのではなく……辺境伯はニヤリと笑った。

「――ほぉ、いい顔をするようになったな。学院に出したのは正解だったか」

「あ、それは失敗。でも今日さ、凄い子見つけちゃって。私も負けてらんないなーって」

ふむ、と思惑が外れた辺境伯はあごひげを撫でた。

そして手に持つミスリル製の杖を振り回し始めた。オーガの持つ棍棒もかくやというほどの太さがあり、本当に杖なのか少し怪しくなるほどに大きい。

シルキィが堪えきれずに体から吹き出してしまっている暴風を、辺境伯が振るう棍棒による風圧が迎え撃つ。

両者の攻撃の余波で、地面に生えている草が千切れ飛んでいく。

相変わらず人間をやめている父の様子を見て、シルキィもまた面白いものを見つけた子供のように笑った。

辺境伯が圧倒的な武威を持っているのは、自分の担当する領地が魔物の発生地帯と隣接した危険な場所だからだ。

彼は常に己の身を最前線に置き、魔物を倒し続けることで領地を拡げ、一子爵の身から辺境伯にまで成り上がった。

全身に纏う気迫は、完全に武官のそれと言っていい。

「そいつは、俺の知っている奴か？」

「いや、知らない子供。でもちょっち負けらんないなーって」

「ふむ、そうか……お前が俺に頼ってくるほどとなると、よほどのことのようだな」

「そうね、だからもうちょい身入れる」

シルキィがグッグッと念入りに準備運動をし始める。

そして自分の父と真正面に向かい合い、腰を下げた。

息を吸い、父を鋭い眼光で睨む。

彼女の顔は、父である辺境伯をして今まで一度も見たことがないと感じさせるほどに獰猛《どうもう》なものだった。

その様子を見たリンドバーグ辺境伯が、ピタリと杖を止める。

そして口を裂けそうなほどに拡げて嗤いだす。

「実の父相手に良い殺気をぶつけてくる。――よし来い、半殺しにしてやろう」

「――冗談。今までの鬱憤まとめてぶちまけたげる」

二人は獣のような叫び声を上げ、己の使える最強の魔法をぶつけ合った。

その戦いは邸宅を半壊させるほどの苛烈さで、周囲にいた貴族達の中には台風が来たと勘違いして逃げ出した者が出たほどだったという。

この日以降、シルキィは度々父のもとを訪れ稽古をつけてもらうようになる。

彼女はそのおかげで本来より二年早く『風将』の名を譲り受けることになるのだが……それはまた別の話。

第二章　強者へと至る道

シルキィと出会ってから二年が経ち、アッシュは五歳になった。

結局おっかなびっくりながらも始まりの洞窟を無事にクリアし、今ではそこで上げられるギリギリ限界までレベルを上げることに成功していた。

アッシュの現在のレベルは12。

一番最初のダンジョンでここまで上げるのは、なかなかに苦難の道だった。

しかしそのおかげで、アッシュのMPはかなり上昇している。

それにレベルアップに伴い、使える魔法も一気に増えた。

習熟度も上がったので、今のアッシュの脳内に浮かぶ魔法もかなり増えた。

ＭＰ　52／52

魔法

魔法の弾丸　　使用ＭＰ１
魔法の連弾　　使用ＭＰ２～10

ヒール　　　　　使用ＭＰ２
フレイムアロー　使用ＭＰ３
ウォーターエッジ　使用ＭＰ３
ストーンランス　使用ＭＰ３
ウィンドカッター　使用ＭＰ３

まず目につくのは、新たに手に入れた大量の魔法だろう。

どうやらアッシュは四属性全てに適性があるらしく、レベルが7に上がると同時に四つの魔法を一気に手に入れることができた。

ちなみにヒールはレベル10で覚えることができた。

おかげで今まで買っていたポーションが必要なくなったので、今のアッシュは小金持ちになっている。

だが色々な魔法を覚えた今でも、アッシュが最も使っているのは魔法の弾丸だった。

というかレベルが上がり魔法の威力が上がったせいで、他の魔法だと明らかにオーバーキルになってしまうのである。

四歳の頃、魔法の弾丸を使用し続けたことで魔法の連弾なるものを覚えた。

今まで一発ずつしか撃てなかった弾丸が、最大十発まで同時に打つことができるようになったのだ。

シルキィに言われた遅延の魔法は覚えることができなかった。

また、倒すことで覚えることのできる魔物も近くにはいなかった。

射出のタイミングは同時になってしまうが、それでも連発するのと一度に複数の弾丸を放つのとでは大きく違う。

今までは簡単に避けられてしまっていた魔法の弾丸を、点ではなく面の攻撃として使えるようになったのはあまりにも大きい。

レベルアップに伴うＭＰの上がり方は、アッシュが魔法使いの素養を持っていることを明らかにしてくれた。

その理由についてはまずｍ９内の仕様について話をする必要があるだろう。

ｍ９では、レベルが上がるごとに各パラメーターが１〜５上昇するようになっている。

各パラメーターとは筋力・防御力・知力・素早さ・ＨＰ・ＭＰの計六つであり、これらの上昇にはキャラごとに設定されている適性が参照されるのである。

アッシュはレベルを10上げたことで、ＭＰが43上昇していた。

基本的に上がるパラメーターの値の平均は２に設定されている。

３上がれば使える、４上がれば強キャラ、５上がれば主人公といった塩梅と言えば、アッシュのＭＰ上昇平均値４・３がどれくらいすごいことなのかがわかるだろう。

それにレベルが上昇し増えるのは、何もＭＰだけではない。

現状ではＭＰ以外のパラメーターを確認する術がないので、詳細に把握できてはいない。

しかし明らかに、アッシュはレベルが上がることで以前よりも強くなっていた。

まず知力が上がったおかげで、魔法の威力が向上した。

今ではゴブリンの体を弾丸一発で貫通できるようになった。

もう以前のように、スライムの核を狙うときに、弾丸を何発も当てる必要はなくなった。

身体能力に関しては、既に五歳児の範囲を逸脱していると言っていい。

素早さが上昇したおかげで全力で走れば前世の頃より早く走れるし、防御力が上がったおかげで今ではゴブリンの一撃をもらってもほとんど痛みを感じない。

腕力も上がったので、我流ではあるがしっかりとそれっぽく剣を振ることもできるようになった。

体力に関しては、それほどダメージを負う機会がないのでわからないが……これも他の値に負けないくらい上がっているはずだ。

色々な面でアッシュはこの二年間で強くなった。

だがアッシュは同時に、現状でできる限界というものを理解してしまってもいた。

現状のままでは、これ以上強くなることはかなり難しい。

まずレベルを始まりの洞窟でこれ以上上げるのは、不可能に近い。

レベルを11から12に上げるまでに、数えるのも馬鹿らしくなるほどのゴブリンやスライムを狩っている。

これ以上はあまりにも非効率だろう。

そして始まりの洞窟で魔物をどれだけ倒しても、新たな魔法が手に入ることはない。

レベルアップが見込めない現状では、新たな魔法の習得も難しい状況にある。

アッシュに残された時間は、着実に少なくなっている。

（このままだと……マズい）

現状のアッシュの力で倒せるほど、ヴェッヒャーは甘い相手ではない。

今のアッシュは、一刻も早くレベルを上げるか新たな魔法や巻物を手に入れる必要があった。

（それに自分の魔法の適性についても、なるべく早く知っておきたいところだ）

一応四属性全てに適性はあるとはいえ、自身が最も得意な属性を知るには魔物を狩って、魔法の覚え具合から見ていかない限り、正確なところはわからないのだ。

使える属性によって、目指すべき戦い方も変わってくる。

火魔法なら火力、水魔法なら回復、土魔法なら防御、風魔法はサポートとそれぞれ得意な分野が変わってくるのだ。もちろんどれも突き詰めれば万能と化すが、恐らく十三歳になるまでとなると、一つの属性を極めることで精一杯になってしまうだろう。

各属性の適性によって、アッシュの今後の戦い方が大きく左右されるのは間違いない。

だが五歳の現状では行動範囲はかなり限られてしまう。

食堂を経営している両親に内緒で、勝手に出ていくわけにもいかない。自然行ける場所は、日帰りで夕方までに帰ってこられる場所に絞られてしまう。

もしアッシュが数日とはいえ帰ってこなければ、二人とも心配するだろう。

父も母も、相当小さな頃から賢《さか》しらに話し始めた自分を、気味悪がったりせずに大切に育ててくれた。

しっかりと愛情を受け取ってきたアッシュにとっては、今世の父も母も大切な家族だった。

なので悩ましくはあるが、周りが仕事を始める十歳になるくらいまでは王都で暮らしていたいと考えている。

（となるとやっぱり……あれしか、ないわけだけど）

一応王都でも今以上に強くなる方法が、ないではないのだ。

今までとは違いかなりの危険を伴い、下手をすれば運命の日がやってくるまでに命を落としてしまう可能性も十分考えられる。

おまけに単独では実行することが非常に難しいため、やろうとするなら信頼できる者が必要となってくる。

不確定要素がかなり多いために、正直あまりやりたくはなかったのだが……これが成功すれば少なくとも魔法に関しては、心配しなくてよくなるほど、強力なものが揃ってくれるはずだ。

リスクも大きいが、得られるリターンもそれに見合うほどに大きい。

そのためアッシュは、既に動き始めている。

作戦を実行に移すべく各地を動き回っており、確実性を上げるために情報収集も綿密に行っていた。そして今は、最も良いタイミングを窺っている最中なのだ。

――ちなみにアッシュにこれだけ魔法の才能があり、各種パラメーターの上昇率が高くなっているのにはもちろん理由がある。

アッシュは序盤に出てくる、操作に不慣れなプレイヤーでも躓かずにダンジョン攻略が進められるようにするためのお助けキャラだ。

そのため各種適性が、かなり高めに設定されている。

アッシュのパラメーター上昇幅は、全能力値の平均が4・4である。

これは全キャラクターの中で主人公ライエンと王女イライザに次いで、実は三番目に高い。

恐らくは序盤で殺されるキャラのため、細かな調整をしていないことがその原因だと考えられる。

そのためゲームの仕様を忠実に再現しようとするこの世界において、アッシュは異常とも言えるスピードで実力を上げていた。

他に比較対象がないため、これがモブの限界かなどと考えているアッシュは知る由もない。

自分が既に、チートスキルを持つ主要キャラクターに並ぶ存在へ成長し始めているということに……。

アッシュが考えていた、王都でもできる新たな魔法の獲得方法。

それは――『偽装』の巻物を手に入れたあの王家の墓へ挑み、そこに巣食う魔物達と戦闘をする、というものだ。

もちろん、クリア後の隠しダンジョンに12しかないレベルで挑むのには流石に無理がある。

しかしアッシュには、その問題を解決するためのある腹案があった。

それは偶然シルキィと出会ったことから着想を得た、ゲームではできなかった方法。

名付けて、『自分が無理ならチートキャラ達にキャリーしてもらえばいいじゃない作戦』だ。

この世界には、シルキィのようなチートキャラ達がたくさんいる。

そして当たり前だが彼らは生きている人間なので、こちら側からコンタクトを取ってコミュニケーションすることが可能だ。

共闘をしたりするだけではなく、場合によっては仲間になってもらうことも不可能ではないかもしれない。

自分よりもはるかに強い彼らに一緒に戦ってもらうことができれば、今のレベルでも戦闘に参加し、おこぼれをもらって魔法を習得することができる……はずだ。

m9の世界では、得られる経験値は戦闘の貢献度によって割合が変わる。

そのためまともに攻撃の入らないアッシュの割合は相当低いし、レベルアップに関してはほとんど見込めないだろう。

だが戦闘に参加さえすれば、魔物を倒すことによって得られる新たな魔法は、手に入れることができるはずだ。

終盤やクリア後にしか覚えられないような強力な魔法を現段階で得られるメリットは、とてつもなく大きい。

ただ、当たり前だがこの作戦を行うのは並大抵のことではない。

自分が知っているキャラクター達に自分と一緒に王家の墓を攻略してもらうためには、いくつかの乗り越えなければならない壁がある。

まずは当たり前だが、凶暴化はしていないとはいえ相当に強力であろう魔物達を倒せるだけの実力者を集めなければならないこと。

そして次に、彼らが王家に対して忠誠心を持っておらず、王家の墓というダンジョンで戦うことに抵抗のない人物であること。

最後は、彼らがこのことを誰にも口外せずに秘密にしてくれることだ。

これらの要素のどれか一つでも欠ければ、アッシュはゲームオーバーを迎えてしまうことになる。そしてこれはゲームではない現実だ。死んでしまえば、二度とやり直すことはできない。

魔物に殺されるか墓荒らしで罰されるかという違いはあれど、ヴェッヒャーに殺される前に命を散らしてしまいかねない。

だからといって、戦力的に問題のある面子で挑んで全滅してしまっては元も子もない。

そのためアッシュは今、自分の持つゲーム知識でなんとか懐柔できる強力なキャラクター達を必死に探している最中だった。

本来なら遠出をして巻物を集めたりもしたいのだが、時間的な制約から王都の外に出るのは難しい。

そのせいで仲間に誘える可能性のあるキャラクターも、かなり限られてしまっている。

シルキィとはあれからもたまに顔を合わせてお茶をしたり、一緒に訓練をしたりすることもあるが、彼女は面子に入れることはできない。

辺境伯の長女である彼女に王家の墓の存在を教えれば、マズいことになりかねない。

おまけに既にアッシュがそこを荒らしているなどとリンドバーグ辺境伯に知られてしまえば、アッシュの首一つでは足りなくなってしまうだろう。

アッシュは実に一年近い時間をかけて、入念に準備を進めていた。

そしてつい先日、ようやく最後の候補の人物に連絡がついた。

そしてアッシュ発案の長ったらしい名前のキャリー作戦が、とうとう実行に移されることになる――。


王都の中心部を少し外れたところにある酒場『ドラゴンの尾』は、ランクとしては中の下の店だ。

一階の酒場で出すのは安酒が多く、金がある人間はよりグレードの高い店へ行ってしまうため、客足はいつも少ない。

そんな寂れた酒場の二階には、フロアを丸ごと使った一つの個室があった。

その部屋はかつて、折檻部屋として使われていた。

悲鳴が部屋の外へ聞こえぬよう、壁は相当に分厚く作られているのだ。そのため、どれほど大声を出しても周囲に音が漏れることはない。

この二階は防音機能のある密室となっているため、後ろ暗い会談をする際によく使われるスペースだった。

店自体の人通りは少ないが、二階の個室だけは数ヶ月先まで予約が埋まっている状態だったりする。

（ったく、俺をこんなところに呼び出しやがって……嘘だったら、その場で叩っ斬ってやる）

蝋燭の明かりだけが部屋を灯しているその場所に、一人の強面の男が座っている。

彼の名前はブライ……傭兵を生業にして戦地を渡り歩いている、名前の通りの無頼漢だ。

齢三十を超えても未だ肉体に陰りは見えず、既に冒険者としてはAランクまで上り詰めている。国に貢献しなければ得られないSランクを例外とすれば、冒険者ギルドにおいての最強戦力の一角を占める人物だ。

ちなみに彼が英雄と呼べるだけの活躍をしているにもかかわらずランクが上がらないのは、公式な場に出せば揉めごとを起こしてしまうその性格に起因している。

彼は純粋な戦闘能力だけなら、ギルドの中でも一、二を争うほどに高い。

己の力に磨きをかけることを決して怠ってはおらず、レベルアップだけではなく巻物の獲得にも尋常ではない時間と労力を割いている。小国が傾きかねないほどに大量の金を注ぎ込んだ結果、使える汎用スキルの数は既に五十を超えている。

今から十年後にはスキル数を百以上に伸ばし、『百のスキルを持つ男《ザ・ハンドレッド》』と呼ばれるようになるブライも、現在では道半ばといったところだった。

ちんけな酒場程度なら貸し切りにしても全く懐の痛まぬ彼が、こんな場末の酒場くんだりにまでやってきたのには、もちろん理由がある。

彼の懐には、一通の手紙が入っている。

普段であればそんなもの、一も二もなく破り捨てるのだが、なんせ内容が内容だった。

真偽は定かではないが、話くらいなら聞いても構わないだろうと思い、ブライはここへやってきたのである。

(呼び出し人が誰なのかは知らんが……本当に知ってるってのか、アレの在処を)

ブライはゴキゴキと首を鳴らしてから、同じテーブルに座っている二人に目を向ける。

彼の視線に気付いた一人が、パッと顔を明るくして手を上げる。

金色の髪に金色の瞳なのはまだいいとしても、着けている鎧まで まっ金々というド派手な見た目の男だ。

「誰かと思ったら君は……傭兵のブライか。……ってことは、君達との競争なのかな」

「顔がうっせぇ、見た目がうっせぇ、声がうっせぇ。全部がうっせぇ、黙れ」

「ハッハッハ、つれないね君は」

いちいち決めポーズを作っては笑みを浮かべるその男。彼が笑うたびにその真っ白な歯が光った。

(奴の周りだけ光が反射して、鬱陶しいことこの上ねぇ)

今すぐ叩っ切ってやろうかと、思わず剣に手をかけてしまいそうになるほどだ。

喧嘩っ早い傭兵の流儀が抜けないブライは、目の前にいる男を見て額に青筋を立てる。

この全身金尽くめの男の名は、エメラダ＝ホーキンス。

王都で最も大きな闘技場『コロッセオ』においてナンバーワンの人気と実力を持つ剣闘士だ。

賭け事に興味のないブライは一度も見たことはなかったが、聞くところによるとその人気の理由は彼の見た目だけではなく、実力も確かだからということらしい。

（見た目も華やかなこいつがこんな場末の酒場に来るってことは……いや待て、こいつ今競争って言ったか？　ということはこいつもあれを――ドラゴン殺しの宝剣、滅竜剣ドラグスレイブを……）

ブライの視線は鋭くなり、それを跳ね返すようにホーキンスが挑発的に笑う。

流石ナンバーワン剣闘士というべきか、その笑みはまるで男娼のように艶やかだった。

全身を金色に光らせながら、ホーキンスはブライの反対側を向いた。

「もしかしたらここの三人で取り合いかもよ、君はどうするつもりだい？」

「ハッ、もしそうならお前ら二人を殺して奪うだけさ」

四角のテーブルの一角を占めている、片目の女性がホーキンスへと笑いかける。

けれど彼女のそれはにこやかなものではなく、肉食獣を思わせる獰猛な笑みだった。

その右目は赤く、傷を隠すためか左側には大きな黒の眼帯をしている。

着ているのは一見すると真っ赤なビキニにしか見えないが、一応れっきとした防具だったりする。

彼女が着けているのは、着ければ何故か全身の防御力が上がるビキニアーマータイプの防具である。

頭に被っているのは黒く髑髏の刺繍がされたハットで、腰には細く長いレイピアを差している。

彼女は女だてらに海賊をしている、マチルダという女傑だ。

この王都から離れたところにある陸港近くの離島を拠点にし、出航した船から水先案内料を徴集して暮らすマチルダ海賊団の女船長である。

冒険者としての最低限の規律すら守れないような生粋の荒くれ者達を取りまとめる手腕は伊達ではなく、女だてらに海賊団をまとめ上げられるだけの実力とカリスマがあるらしい。

戦闘スタイルは、とにかくスピードに秀でた斥候《せっこう》タイプだったはずだ。

そしてブライの記憶が正しければ、王都の衛兵に首を持っていけば一生遊んで暮らせるほどの金が手に入ったはずである。

マチルダは王都にも似顔絵付きの手配書が回るくらいには有名な犯罪者だ。

そんな人物までここに来ているとなると、いよいよきな臭くなってくる。

自分やマチルダのようなただ強いだけの碌でなしを、秘密裏にこんなところに呼び出してすること。

荒事なのは間違いないだろうが、合法かどうかもかなり怪しくなってきた。

（ま、法に則ってるかどうかなんざどうでもいいが）

ブライとしては自分が欲しい物が手に入るのなら、多少法を犯すくらいのことは問題ない。ホーキンスは知らないが、マチルダも自分と同じ考えでここに来たのだろう。

「でも多分、ウチらが求めてるアイテムって違うと思うよ。だってアタシが探してるのは、レア度が高いだけで全く使えない呪われた魔道具だし」

「ああ、じゃあ違うね。僕が探しているものは、そもそも魔道具ですらない」

「……俺が探してるのは滅竜剣だ。そろそろドラゴンを倒したくてな」

実際に戦ったことがないのでわからないが、マチルダとホーキンスも噂を耳にすることが何度かあるほどには名の通った実力者だ。

いくら自分が強くとも、真っ正面から戦えば負ける可能性はゼロではない。そして二対一ともなれば、自分でも勝てるかどうかは怪しいところだろう。

（とりあえずは皆が探しているブツが別だったことを、依頼主には感謝するべきかもしれんな。だがそもそもそんな稀少なアイテムの情報を、依頼主はどこから……）

ブライの思考は途中で打ち切られる。

ギィと蝶番が軋み、古く重厚な造りの扉が開いたのだ。

三人の視線が一瞬で、ドアの方へと向く。

そこに立っていたのは――ローブを被り顔を隠した、一人の男だった。

フードから見える顔は、名《な》うての商人のような柔和なものだった。

年齢は三十前後だろうか、一見すると何の変哲もない男にしか見えない。

――ありえない、と三人共が脳内でその考えを一蹴する。

ブライ達実力者三人を相手に、本当に実在するかどうかも怪しいレアアイテムの在処を使って交渉しようなどという男が、普通なはずはない。

「私はダストと申します。皆さんは話が早い方が好みだと思うので、まずはこちらをご覧下さい」

そう言うと、ダストと名乗った男が自分の懐から三枚のカードを取り出した。

赤・青・緑色に塗られたそれらには、それぞれにブライ・ホーキンス・マチルダの名が書かれている。

ここにいる三人は、それが一体なんなのか察せないような鈍感ではなかった。

「そこに……僕達が求めている物の在処が書かれていると？」

「その通りです。我が主があなた達を口説き落とすために手に入れた、値千金《あたいせんきん》の情報が書き込まれています」

「話が早くて助かるよ。ねぇあんたら、こいつを殺して情報だけいただいてこうよ」

「と言われることも織り込み済みなので、ここには情報の半分だけが記されています。なのでこれは、言わば前金です。どうぞ遠慮無くご覧下さい」

ダストは投げナイフの要領で、三枚のカードを投擲した。

三人は眼前に迫ったそれを二本の指で掴み、ぺらりと裏返して文字へ目を通す。

ブライ宛ての紙にはこう書かれていた。

『〇〇にいる〇〇老師に会い、〇〇をすれば滅竜剣が手渡される』

「――ふざけてるのか、こんなの何も教えていないのと同じだろうが」

「いえいえ、ふざけてなど。ですがこうでもしなければ、まともに言うことを聞いてくれないでしょう？　恐らくあなた達は私を殺し、逃げ出してしまうでしょうから」

ブライは顔を上げて残る二人を観察する。

彼らの様子は、ひどく対照的だった。

まずマチルダの方は自分と似たような渋面をしている。

恐らくは自分と同じ、ヒントになっているかどうか微妙な情報を渡されたのだろう。

だがホーキンスの方はブライ達二人とは全く違う反応をした。

彼は中身を見た瞬間ギョッと目を開き、そのまま紙を大切に胸に当てながら泣き出したのだ。

どうやらそこに書かれている何かは、彼にとっては何より重要なものらしい。

「ホーキンスさん、ご満足いただけましたか？　一応レシピだけではなく、現物支給の用意もあります。依頼が終わった段階で良ければ、お渡しすることもできますよ」

「ほ……本当ですか!?　ありがとうございます、ありがとうございます！」

答えのヒントすらもらえなかった二人の視線を気にせず、彼はしきりにダストへと頭を下げていた。

ブライはレシピという言葉から、彼が求めていた物が薬か何かだと推測した。

この世界において稀少な薬といえば数は限られる。

「そうですお二方、彼へ渡したのはエリクシルのレシピです。これがあればホーキンスさんの妹であるセリアさんの石菜病を根治させることができます」

「――ちょっと待ちな、エリクシルだって!?」

ブライも思わず声が出そうになったが、マチルダが大きな反応をしたおかげで落ち着くことができた。

彼が想定していたのは、死者をも生き返らせると噂の上級回復薬である反魂湯だった。

だが出てきたのは、予想していたよりも一段も二段も高い薬の名だ。

あらゆる回復アイテムの中でも頂点に君臨し、現在では製作できる人間はいない失われた奇跡。死者を生き返らせ、老人を若返らせるとまで言われる伝説の秘薬……それがエリクシルだ。

現在誰も作れない薬のレシピを持っているなどと言われても、はいそうですかと信じられるはずがない。

「おいホーキンス、簡単に騙されすぎだぞ。適当にでまかせ書いてるだけに決まってるだろうが」

「そ、そうか……たしかにいきなりのことで舞い上がりすぎたかもしれない。そうだな、ダストさん。このレシピが本物である証拠、それかあなたがエリクシルの現物を持っているという証拠はあるかい？」

「はい、こちらに。どうぞ確認してみて下さい。なんならマチルダさんも見ていいですよ、あなたの固有スキルを使ってくれても構いません」

ダストは服の内側に手を入れて、胸のあたりをまさぐる。

そして中から一本の透明な瓶を取り出し、ホーキンスへと手渡した。

そこに入っていたのは、黄金色の液体だ。

夕陽を反射する稲穂のようにキラキラとしていて美しい。

しかも、ただ見ていて綺麗だと思えるだけではない。

見ているだけで思わず手を伸ばしたくなるような何かが、そのアイテムにはあった。

濃密な魔力を宿す品には、他人を引き付けるだけの引力が宿る。

ということはあれは何かしらの、かなり高位のアイテムだということ。

もっとも、本当にエリクシルであるなどとはブライ自身全く思ってはいなかったが……。

「…………」

ホーキンスの目が、一瞬青く光る。

その輝きには覚えがあった。

大商人が取引の際に使う、『鑑定』使用時に放たれる光だ。

『鑑定』の巻物《スクロール》は比較的流通量が多く、大金を稼げる者であれば買うことのできる金額で取引されている。

恐らくホーキンスは偽物の薬を掴まされぬよう巻物を購入したのだろう。

鑑定を発動させたホーキンスは、自分の手に持った瓶をじいっと見つめ……ブルブルと大きく震えだした。

ホーキンスは化け物と戦おうと、どれだけたくさんの敵がいようとも臆しない剣闘士だ。

彼がそこまで異常を来すのは、普通のことではない。

そんなバカな、という思いがブライの頭をよぎる。

(まさか……本当に?)

心の高鳴りを必死で抑えようとするブライの耳に、切羽詰まった様子の声が聞こえてくる。

「うそ……マジだ、マジもんのエリクシルだ」

ホーキンスが凝視し、大切そうに抱えている瓶を見つめながら、マチルダが呆然とした顔でそう呟いているのが見えた。

彼女も職業柄、鑑定のような技能を持っている必要があったのだろう。

本来なら周囲に味方しかおらずとも警戒を怠らないような強者である二人が、呆然と隙だらけの構えで立ち尽くしている状況。

——それが指し示す事実は一つ。

ブライの目の前にあるあの金色の液体は……本物のエリクシルなのだ。

となれば恐らく、レシピも本物と考えた方がいい。

とんでもないことになってきたぜ、と内心で驚きながらダストを見る。

滅竜剣のことも、これで現実味を帯びてきた。

だがそのためにエリクシルを出すのは、少々大盤振る舞いが過ぎる。

「……ぬふっ」

ほれみろ、とブライがマチルダを見つめる。

視線の先にいた彼女の目が、完全に＄マークになっている。

売れば一体いくらになるのか、という銭のことしか、今の彼女の脳内にはないだろう。

「依頼が完了したら、それをお渡しします。それでよろしいでしょうか？」

「……ハッ、はいっ！　疑ってしまい、申し訳ありませんでした！」

現物を見せてもらい安心したホーキンスが、エリクシルの入った小瓶を返す。

ダストの手に渡ったそれを見て、マチルダが剣呑な殺気を出す。

武闘派ではないのか、ダストの体はエリクシルを胸に入れた状態で完全に硬直した。

だが割って入るように体を入れてきたホーキンスのおかげで、マチルダが計画を実行に移すことはなかった。

「……わかってるよ、冗談じゃないか冗談」

「この依頼を遂行して、薬を持ち帰る。ダストさんは今から僕の正式な依頼主だ。彼に危害を加えることは許さない」

なるほどねぇ、とブライは対面している二人を余所に一人少し離れたところから様子を観察していた。

最初にホーキンスを取り込むために、彼へ現物を見せる。

伝説級のレアアイテムを見せられれば信憑性はグッと上がるし、彼を味方へ引き込めば残る二人もそう無体なことはできなくなる。

荒いようで、よく練られたやり方だ。

ブライは滅竜剣を欲している。

だが状況がここまで目まぐるしく動くとなると、彼の中にある危険察知のセンサーがアラートを鳴らし始める。

(超のつくほどのレアアイテムを餌にしてまで俺達を動かすこの男は、一体どんな依頼を持ち込もうとしている？　いや、正確にはこの男ではないか。この男の上にいる人間は、果たしてどんな奴なのか……)

「まぁエリクシル一つで他のお二方の信頼が得られるとは思っていませんが、良い判断材料にはなるでしょう。一応主要な情報以外にも、色々お話はできますよ。マチルダさんには……今あなたが欲しがってるはずのとある呼び笛を。そしてブライさんには……まだあなたが持っていない汎用スキルの巻物の在処でどうでしょうか」

こいつの上にいる人間は、自分たちが何を欲しているかまでを完璧にリサーチしている。

二番目に欲しい情報を前金として払うくらいには太っ腹。

そしてこちらがどう動くかまで想定した上で、こうやって声を掛けてきている。

普通の人間にできることではない。

たくさんの人間を動かし大量の情報が集積できる、金か権力のある者にしかできない動きだ。

ブライは先ほどまで、依頼の難易度から考えて手を引こうと考えていた。

だがここまで詳細に情報が得られているとなると、また少し話は変わってくる。

恐らく自分たちの実力は、既に把握されている。

となればその依頼内容も、自分たちにならば達成できるものなのではないだろうか。

奇しくもエリクシルというあり得ない物を見たが故に生まれた、依頼方に対する妙な信頼が奏功した形だった。

マチルダは少し悩んでいたが、結局依頼を受けることにしたようだ。

それに続く形で、ブライも依頼を承諾する。

三人が改めて依頼を受諾すると、ダストはホッと息を吐いていた。

恐らく彼もまた、上司にとって替えの利く駒でしかないのだろう。

改めてテーブルにつくことになった四人。

ブライ達が腰を据えて話を聞く態勢になったのを確認してから、ダストはゆっくりと口を開いた。

「今回のあなた達への依頼は――――とある場所で発見された、未調査ダンジョンへ赴くことです」

アッシュは七歳になった。

レベル、魔法共に順調に成長中だ。

まだ魔法を覚えたてだった頃は、到底ヴェッヒャーに勝つことなど無理だと思っていた。

しかし今のペースで成長ができれば、負けイベントを覆し勝利することは決して不可能ではない。

そう思えるくらいに、彼のキャリー作戦はうまくいったのだ。

アッシュはダストなる人物を名乗り、その上に上司がいる――ような話し方をして、意図的に彼らに誤解させた。

王都にいる人員の中でもっとも条件に適し且つ強力なブライ達を呼び込み、彼らが本来の個別イベントで欲していた物をエサにして、こちら側への協力を取り付ける。

そして彼らについていき、未調査ダンジョンで魔物の素材や宝箱を検分する――という名目で、魔物との戦闘に混じり適性のある魔法を覚えることに、成功したのだ。

おかげでアッシュの今の魔法のバリエーションは、なかなか凄まじいことになっている。

最初にレベルアップで覚えたのと、終盤に手に入れるような強力な魔法が並んでいる状態と言えばわかりやすいだろうか。

ちなみに三人には魔法の素養はないため、彼らは魔法を習得せずに探索を終えている。

というか、そもそもそういった人材を選んだのだ。

終盤で覚える魔法を他の者達に覚えられると、どう影響が出るかわからない。

強力な魔物との戦闘でレベルは相当上がったはずだが、戦闘回数はそれほど多くはないのでストーリーに致命的な齟齬が生まれることはないはずだ。

一応三人には目隠しをし、毒を飲ませ、前後不覚に陥らせてからダンジョンに入ってもらった。

彼らだけでダンジョンを再度見つけ出すこともほぼ不可能なはずだ。

そもそも王家の抜け道は、そう簡単に見つけられないようにできているのだし。

一応魔物の戦闘にちょびっと参加しただけでもレベルは上がったので、今の彼は更に魔力も増えている。

ただレベルは、キャリー作戦をした五歳の頃に上がったっきり、上昇は止まっている。

何度も彼らを隠しダンジョンに入れれば露見する可能性が上がるだろうと、結局本格的に探索をしたのはあの一回きりだったのだ。

あそこにいる魔物達は、未だ人間界ではほぼ全て新種の魔物だ。

素材の値段もそこから作れる武具もとんでもない値段になる、言ってしまえば宝の山なのだ。

それに気付けるほどの余裕が皆になかったからなんとかなったが、何度も行って戦闘に慣れたりすれば、絶対に良くないことが起こるはずだ。

マチルダなんかは本当に仲間を引き連れてあそこへ入っていきかねない。

魔法が覚えられたボーナスステージ、アッシュは王家の墓のことをそう割り切っていた。

ちなみに戦闘の難易度は高すぎて、四人とも誇張抜きで数十回は死にかけた。

道中何個か拾ったエリクシルや、全回復魔法を使いこなす極白天使ミカエラを倒すことでアッシュが覚えたヒール系の各種魔法がなければ、間違いなく全員あの場で帰らぬ人となっていたことだろう。

ｍ９の世界に蘇生魔法はないが、それに近いことはできる。

要は即死さえしなければなんとかできる、全回復魔法というものが存在しているのだ。

存在そのものが魔法に近い火精霊《マグナ・エレメンタル》や宙に浮かんだプールごと動く機動鯨等、出てくる魔物は強化されていなくとも準最強クラスだった。

そして幸か不幸か、彼らはストーリー終盤で凶化する前の素の状態でも、その後に使うはずの強力な魔法を覚えていた。

そのせいで死にかけた回数は相当な数に上ったのだが……おかげでアッシュの使える魔法のレパートリーに物語終盤〜クリア後の物を入れることができた。

知力が足りていない分威力はそこまでではないが、いざというときの切り札が手に入った形だ。

アッシュの現在のレベルは21。

彼のＭＰと魔法一覧は――。

ＭＰ　95／95

魔法

魔法の弾丸　使用ＭＰ１

魔法の連弾　使用ＭＰ２〜20
ヒール　使用ＭＰ２
フレイムアロー　使用ＭＰ３
ウォーターエッジ　使用ＭＰ３
ストーンランス　使用ＭＰ３
ウィンドカッター　使用ＭＰ３
エクストラヒール　使用ＭＰ５
リカバー　使用ＭＰ５
オールヒール　使用ＭＰ10
リジェネレート　使用ＭＰ７
オーダー　使用ＭＰ15
ラストヒール　使用ＭＰ20
焦土炎熱《マーズディザスター》　使用ＭＰ32
氷結地獄《コキュートス》　使用ＭＰ32
大地讃頌《ジ・アース》　使用ＭＰ32
花鳥風月《シムルグ》　使用ＭＰ32

極白天使ミカエラを倒したことで、アッシュは大量の回復魔法を覚えることに成功している。

それぞれの魔法について見ていこう。

ラストヒールというのは全回復魔法、つまり人のＨＰを完全に回復させる魔法だ。

その分使うＭＰも多いため序盤ではあまり意味のない魔法だったりする。

それほどレベルが高くなければ、ヒールを二、三回かければ体力は回復するし、レベルが上がってきたならヒールの上位互換であるエクストラヒールを使えばいいだけだからだ。

ただ時間の短縮にはなるし、終盤になれば魔力の節約にもなってくる。

オールヒールはパーティーメンバー全員にヒールをかける魔法で、リジェネレートは持続的な回復をしてくれる魔法だ。

前者は複数人が怪我をしてるときに使いやすく、後者は長期戦に持ち込まれたときに重宝する。

リカバーは麻痺や毒といった状態異常を治す魔法で、オーダーは石化や狂乱といったより高次な状態異常を回復させる魔法だ。

回復魔法で治るのは傷のみであり、各種状態異常を治すためにはこの二つの魔法を掛ける必要がある。

これだけ回復魔法が使えれば、正直治癒師としては食いっぱぐれることはないだろう。

今のアッシュには、王国で最も名高い回復術士である聖女アーリャに並ぶだけの回復魔法と魔力量があるからだ。

だが無論、アッシュが覚えたのは回復魔法だけではない。

漢字で表されるようになっている攻撃魔法、終盤でしか手に入らない極大魔法を四つとも手に入れることができた。

全体魔法であり、広範囲へダメージを与えられる強力な魔法群だが……正直、これらも現状ではほとんど使い道はない。

今のアッシュがよくこもる始まりの洞窟ではオーバーキルが過ぎるし、回復魔法に余力を残すことも考えると二発使うのが限度だからだ。

それに対人で使うには威力が高すぎるという欠点もある。

一応ヴェッヒャー戦を見越して色々と試してみたりもしているが、やはり結果として彼がメインで使うのは魔法の弾丸、および連弾だった。

ちなみに使い続けたおかげか、今では二十まで同時に放てるようになった。

更にこの二年の苦心の成果として、曲射を行うことで擬似的に遅延のような状態を作ることができるようになった。

同時に出した複数発の弾丸の狙いを別々に設定し弾を飛ばすまでにかかった時間は、思い出すのも馬鹿らしいほどに長い。

だがそれができるようになった段階で、魔法の訓練ですることはなくなってしまった。

なので今の彼は戦いながら魔法を使う感覚が衰えぬように練習は続けながらも、その他の時間で体作りをするようになった。

トレーニングメニューはまずは基礎体力を付けるためのランニングや筋トレだった。

そして体が最低限できてきてからは剣を振り始めた。

現状でできることが、体を鍛えることしかなくなってしまっていた。

(やっていることは、無駄ではない……はず)

m9においてアッシュは、剣と魔法を両方使う魔法剣士だった。

だから剣も使えないことはないはずだ。

ただ、当たり前だが独学では限界がある。

そのためアッシュは今後のことまで見据えた上で、とある人物へとオファーをかけていた。

無論、原作知識を使っている。勧誘を成功させるためには、手段など選んではいられないのだ。

アッシュが目を付けたのは——『死神』ナターシャという、後に王国最強の騎士となる女性である。

固有スキル『剣神の寵愛』を持っており、彼女とまともに戦える人間は現状ですらほとんど存在していない。

現在は未だ騎士爵の身分だが、王都防衛戦のときにはその爵位を子爵にまで上げ、父を継ぎ『剣聖』の二つ名を名乗るようになるキャラクターだ。

それほど忙しくない今なら時間に余裕があるだろうから、剣術指南役として雇うこともそれほど難しくはないはずだった。

今は彼女の返事を待ちながら、素振りをしたり剣を持ってシャドーをしたりして体を作っては、とりあえずＭＰを使い切るまで魔法を連打するという日々を送っていた。

徐々に体もできており、使える魔法は強力無比なものが増え、多彩さを増してきているアッシュであったが、彼は今の自分がどれくらい強いのかが全くわかっていない。

彼の相手はいつだってゴブリンとスライムで、対人経験は驚くことに未だにほぼゼロなのだ。

一応シルフィは「やろっか？」と言ってくれてはいたが、彼女と戦うとなればまず間違いなく魔法戦になってしまう。

未だ知力に開きがある現状では同じ魔法を使っても絶対に勝てないし、氷結地獄を始めとする極大魔法を使えることがバレてしまえば、マズイことになってしまうかもしれない。

盗賊退治などをして対人経験を積もうかとも思ったのだが、日帰りで夕方までに帰れる討伐依頼というのがなかなかないためにそれもうまくいっていない。

今のアッシュは下手に威力の高すぎる魔法を覚えてしまったために、考えなしに人と戦ったり、人に自分の力を見せることができなくなってしまっていた。

強くなろうと思って魔法を覚えたら、肝心の強くなるための練習ができないとは大誤算である。

そのため彼がナターシャへかける期待は大きかった。

自分と隔絶した実力差がある相手なら、どれだけ全力を出したところで問題はないからだ。

手紙を送ってからしばらくして、彼女から返答が来た。

『一度話がしたいから、うちに来て』

その内容にガッツポーズをしながら、アッシュは両親に事情を説明し家を飛び出す。

アッシュ七歳の夏。

彼は魔法と剣技を共に使う魔法剣士としての一歩目を、ようやく踏み出せそうだった。

ナターシャ＝エラスムスという少女のことを、一言で言い表すことは難しい。

舞踏会や貴族の式典でその姿を見たことがある人は、彼女のことを花も恥じらう乙女だと評することだろう。

そして彼女が振るう剣を見たことがある人は、彼女を父に負けぬ剣の腕を持つ才女だと褒め称える。

戦場で敵として相まみえた者達は彼女のことを——天性の人殺しと呼ぶだろう。

だが彼女は、他人からどう見られるかということを、一度たりとも気にしたことはない。

それは彼女には、他人の評価なんかよりもずっと大切な芯が、その体の奥底にあったからだ。

かつてナターシャは戦うことが嫌いだった。

一度は剣の道を捨て、別の仕事をしていたこともあるほどだ。

しかし今、彼女はこうして騎士となってまで剣を握り続けている。

その理由は、たった一つ。

——己の父である『剣聖』の仇を討つため。

剣一本で生きる父の跡を継ぐことを諦めていたナターシャは、両親の薦めで入った騎士学校を卒業してから、田舎町と都会を行き来する商人として働いていた。

己の剣の腕だけで一代限りの騎士爵を手に入れた父のように、剣一本で生きていくような生き方は彼女には選べなかったのだ。

ナターシャには父ほどの剣の才能はなく、本人も戦うことがあまり好きではなかった。

それに何かにつけて父と比べられる剣の道に進むのが、面倒だったという事情もある。

だが親子仲は決して悪くはなく、彼女は父のことを尊敬していた。

『剣聖』オーリャ＝エラスムス。

彼は剣奴《けんど》の身分から戦い続け、そして勝ち続けて自身を買い取り、更に戦場を駆け続けた。

そして一騎打ちにおける功績や戦働きを王に認められ、騎士爵にまで上り詰めたのだ。

戦場で彼に敵う者はおらず、その振るう剣はどんな強靭な戦士も切り捨てる。

そしてオーリャは戦い続けることで、剣神に認められた一人だけが手に入れることができる固有スキル『剣神の寵愛』すら後天的に手に入れた。

彼の剣の冴えは増し、魔法や霊体すら一刀のもとに断ち切る存在になった。

何度も戦場を共にしたからこそ、ナターシャには自分には父に比肩するだけの才能がないことがわかっていた。

ナターシャにとって『剣聖』とは偉大な父の名であり、決して超えられない存在でもあったのだ。

だから彼女は剣で身を立てることを諦め、父のような騎士になるという夢から覚め、なんでもない一人の市民として生活していくことを決めた。

騎士としての教育を受けてきたおかげで、そこらの夜盗共を切り伏せられるくらいの力は持っていた。

ナターシャは護衛代を節約し、自身でその身を守ることで、地方にある村々へ安く品物を卸し、ある程度の成功を収めていたのである。

だがある日、彼女の身に異変が起きた。

うだるような熱にうなされ、意識が朦朧としだしたのだ。

三日三晩意識不明の重体に陥っていたナターシャは、目覚めたとき自身が『剣神の寵愛』を受け継いだことを理解した。

天高くにいる剣神は剣にその身を捧げる求道者ではなく、ただの商人として生きていたナターシャへ寵愛を与えた。

『剣神の寵愛』が与えられるのは、世界にただ一人。

それが何を意味しているのかを、彼女はすぐに悟った。

馬を乗り継ぎ王都へ戻ると、情報は簡単に手に入った。

不敗であったはずの父、『剣聖』オーリャは……隣国である帝国の食客の『武神』なる男に殺されていた。

そこでナターシャの運命は決まったと言っていい。

『剣神の寵愛』を手に入れた彼女は、再び剣の道を歩む決意をした。

父と同じくあらゆるものを切り伏せる力を手に入れた彼女の人生の目標は、仇討ちへと変わったのだ。

『武神』の情報は、ほとんど集まらなかった。

今どこにいるのかも、何をしているのかも、更に言えば生きているかどうかさえわからない。

彼女は『武神』を探すために戦場を転々とした。

だがその行方を掴むことすらできぬまま、成果ばかりが積み上げられていく。

彼女は気付けば、父と同じ騎士爵にまで上り詰めていた。

父と同じエラスムス姓を名乗ることを許された彼女は、日々剣神から授けられた才を磨きながら日々を過ごしている。

だが彼女の剣は、記憶の中にある在りし日の父のものにはほど遠かった。

思い出の中の父に劣っているのなら、『武神』に勝つことはできない。

焦りは日に日に大きくなっていた。

彼女はここ最近、帝国との国境沿いで百人隊長として剣を振るっている。

数ヶ月で小さな平地の幾つかを奪還した彼女は、上官から休みをもらうことになった。

休暇を自宅で過ごそうと特に寄り道もせずに帰った彼女は、郵便受けに一通の手紙が入っていることに気付く。

そこには筆跡がわからぬよう真っ直ぐな線が引かれただけの歪な字で、こう書かれていた。

『私に剣を教えてほしい』

ナターシャはその言葉を鼻で笑った。

自身、何度も剣の師事を頼まれたことがある。

だが彼女はそれら全てを断ってきた。

他人の剣才を磨くよりも先に、己の刃を研ぎ澄まさねばならないからだ。

またどこかの勘違いのおぼっちゃんがよこしたのか。

そんな風に考え手紙を破ろうとした彼女の手が、その紙を半ばほどまで裂いたところで止まる。

剣の教えを請う文言の下に、更に文章が続いていたのだ。

『私はあなたに本当に必要なものの在処を知っている』

ナターシャが感じたのは戸惑いだった。

私に本当に……必要なもの？

それは何か。

決まってる……『武神』の居場所と、『武神』の倒し方だ。

だがそんなものを教えてくれる人がいるはずがない。

私が『武神』を追っていることすら、知っている人間はほとんどいない。

冷やかしではない……何故かそんな風に思えた。

だがそれにしては妙にひっかかる物言いが気になる。

何か言えない事情があるのか、適当なことを言って私を騙そうとしているのか……どちらにせよ、久しぶりにやってきた『武神』につながる可能性のある人間だ。

一度会ってみるくらいなら、問題はないだろう。

そう考えたナターシャは、手紙の差出人に言われた通りのとある建物の床下に手紙を入れて待つことにした。

それから更に数日が経過した。

そしてようやく、ナターシャが住むこぢんまりとした邸宅へ、お目当ての人物がやってくる。

ここ数日気が気ではなく、痺れを切らしかけていた彼女は、勢いよく扉を開く。

そこにいたのは……自分の胸辺りまでしか背のない、灰色の髪をした少年だった。

「君は……誰？」

「アッシュと言います、今日はあなたに弟子にしてもらいにやってきました」

「アッシュ……あの手紙を書いたのもあなた？」

「そうです」

剣の師事を未だ二十歳になった自分に頼むくらいだから、年下だろうとは思っていた。

基本的に大人が年下に師事を請うことは、プライドが邪魔をするせいで難しいからだ。

だがまさか、ここまで幼いとは思っていなかった。

それにあの情報を小出しにするような賢しらなやり方から、彼女は全体の絵図を描いたのは子供の両親だとばかり思っていた。

どこかで介入があるものだとばかり思っていたが、どうやらその様子もない。

どうやら供やお付きの人などもいないようだ。

まぁ、それならそれでやりやすいかと考えて彼を家へと入れる。

「で、私が必要なものの在処っていうのは何？」

ナターシャは、あまり腹芸や問答は得意ではない。

商人としてその特性は致命的と言ってよかったが、その直截な物言いは騎士や剣士としては得難い素質の一つだった。

アッシュと名乗った少年は、胸ポケットからとある物を取り出して机の上へ置く。

『武神』の居場所か何かが書かれているのかと思ったが、彼女が想定しているものとは違うのはすぐにわかった。

ナターシャは飛び上がるように椅子から立ち上がり、ひったくるような形でその封筒を手に取る。

その表面に書かれている文字の筆跡は……かつて何度もやりとりをしていた、父のものだったのだ。

ナターシャはすぐに自分の行動を恥じ、少し頬を赤くしながら手紙をテーブルの上へと置き直す。

そしてうんと喉を一度鳴らしてから、

「どうして、お父さんの手紙を……」

「とある筋から入手しまして。それは生前の『剣聖』があなたに残した手紙です。色んな人の手に渡り、その間に封は破られてしまいましたが……中身はまだちゃんと読めるようになっているはずです」

アッシュが色々と説明をしてくれたが、ナターシャの耳はそのほとんどを素通りさせていた。

結局一年近く会わないまま死んでしまった、己の父。

その気持ちを誰よりも知りたいと思っていた父の遺言状が目の前にあるという事実の前では、他のどんなことも気にはならなかった。

「これを俺の弟子入りの誠意として受け取ってもらいたいと思います。なんだかナターシャさんの心を利用しているようで少し心苦しくはありますが……俺にも今すぐ強くならなくちゃいけない、理由がありまして」

「――暇があるときに面倒を見るくらいだったら。父さんの最期の言葉が知れるなら、それくらい安いもの」

アッシュに手渡された、茶色く変色した開封済みの封筒。

震える手を中へ入れ、折りたたまれたしわしわの紙をゆっくりと開いていく。

そしてそれを、ゆっくりと読み進めていった。

父であるオーリャは、あまり喋るのが得意な人ではなかった。

武人気質で、ふと思い立ったとき以外は家族の顔も見に来ないような、家庭を顧みない人だった。

早くに死んでしまった母も、それをよく愚痴っていたのを思い出す。

そしてどうやら彼のその口下手は、こと手紙に関しても変わらないらしかった。

手紙の内容は、非常に簡潔だった。

あまりにさっぱりしすぎていて、こんなものが遺書でいいのかと思わずにはいられないほどだ。

書かれていたことは、たったの三つ。

『お前が結婚して子を生すのを見届けられなかった、許せ』

『これも戦場の習いだ。俺を殺した相手を恨んでもいいが、憎しみに瞳を濁らせるな』

『できることなら、幸せに暮らせ。剣の道へ進むかは、お前の好きにすればいい』

言いたいことは、いくつもあった。

あなたが負けたせいで、私は固有スキルを受け継いでしまった。

剣の道以外に、道など残されていないではないか。

あなたを殺した『武神』を心底憎んでいるというのに、あなたはそんな男を憎むなと言う。

なら私の気持ちのやり場は、一体どこにあるというのか。

勝手だ。

自分の父親は、いつだって自分の好きなように生きてきた男だった。

人のことなんか考えないで、自分勝手で、それでいて……。

「本当に思っていることだけは、絶対に口にしてくれないっ……！」

気付けば瞳からは、涙が零れていた。

今まで何度も言う機会はあったはずだった。

でも孫の顔が見たいだなんて言葉、一度だって聞いたことなんかない。

今日あったことを話しても「そうか」と返されるだけで、まともに会話が成立することだって稀だった。

(お父さん……お父さんっ!!)

胸中の溢れる思いを吐き出す相手は、もう既にこの世にない。

幸せに暮らせって……私にとっての、幸せはっ――。

「俺は『武神』ナルカミの居場所を知っています」

「……嘘」

「ここで嘘をつく意味はありません。詳細な場所を把握しているわけではありませんが、大まかに三つほど候補地が見つけられました。そのどこかに彼はいるはずです」

自分に渡されるはずで、どこかへ行ってしまっていた父の遺言状。

それを見つけてきたアッシュの言葉に、即座に否定を重ねることはできなかった。

そもそも知ることもできなかった『武神』の名前を、彼は知っている。

『武神』という言葉を聞くだけで、頭が沸騰しそうなほど熱くなった。

自分と父の仲を引き裂いた張本人。

『剣聖』である父を殺した、自分の仇。

ほんの少し前までなら、すぐに彼の情報に飛びついていたと思う。

そして勝つか負けるか、その勝敗なんかは二の次で今すぐに『武神』のいる場所へ案内してもらっていたはずだ。

だけど今は……わからなくなっていた。

いったい何が正しくて、何が間違っているのか。

復讐を求めていない父に代わって仇を討つことは、本当に――。

「ですが今のあなたでは、『武神』には絶対に敵いません。それに色々、考えることもあると思います」

「それは……たしかに」

「なのでとりあえずはゆっくり考えて、その間にでも俺に稽古をつけて下さい。答えが出たのならそのときはあなたが欲してるものを渡すつもりです。『武神』の居場所……もしくは、『武神』の倒し方でも」

本来なら嘘つきだと糾弾すべき場面だとはわかっている。

しかしナターシャには、目の前の少年が嘘をついているようには見えなかった。

彼女は未だ答えが出せていない。

だが今すぐに出さなければいけないもの、というわけでもない。

それなら少年の言う通り、答えが出るまで待ってみるのもいいかもしれない。

彼女はとりあえず全てを棚に上げ、体を動かしたくなった。

何かあると剣に逃げたくなるのは、認めたくはないが父親似の部分の一つだった。

「それならとりあえず、立ち合い稽古でもする？」

「はい、なるべくなら周りの被害が出ないような広いところがいいです」

「広いところ……裏の庭じゃダメ？」

「庭って、ぐちゃぐちゃになっても大丈夫ですか？」

「……別にいいよ、花とかも植えてないし」

ナターシャは、いきなり弟子入り志願してきた少年と模擬戦をすることになった。

ちなみにだが、結果はアッシュのボロ負けだった。

彼は魔法の連弾の曲射から使える四属性全ての極大魔法まで使い、その全てを切り伏せられてボコボコにされた。

だがナターシャは、七歳とは到底信じられないアッシュの魔法の才能と、伸びしろのありそうな高い身体能力を認めることとなり、彼を正式な弟子として迎え入れることになったのだ。

『死神』が弟子を取った、ということは早くも王都の噂になる。

だが下手に表舞台に出てストーリーが変わってしまうのを恐れるアッシュは、彼女に自分の正体を黙っていてもらうよう頼み込むのだった。

第三章　主人公

アッシュは十歳になった。

レベルアップが止まり、魔法の練習も基本的に頭打ちになっている今の彼は、剣術に熱を上げている。

『剣聖』の手紙を入手し、ナターシャの信用を得て師事することにも成功した。

結局『武神』にはまだ挑まないと決めた彼女は、ここ最近は自分から時間を作ってアッシュに稽古をしてくれるようになった。

おかげでアッシュの剣技はみるみる上達している。

レベル二十超えのステータスを利用した力技な面も多々あったが、彼の振る剣はしっかりと理を持つものへと成長している。

「武闘会――ですかっ⁉」

今日もまた稽古をつけてもらっているアッシュのもとへ、正面から剣が襲いかかってくる。

剣は一本のはずなのに、その軌道は幾重にも渡っていてその全てに実体がある。

全てを避けきることは不可能だと即座に判断、右半身を前に出して攻撃を半分受ける覚悟を決めた。

鋭い突きが、アッシュの体を抉り取る。

真剣での立ち合いのため、勢いよく血が噴き出していく。

剣を取り落としそうになると、次の瞬間には右腕を信じられないほどの熱さが襲った。

「そう、武闘会。十五歳以下の年少の部もあるから、大人達とはやらずにすむよ」

エクストラヒールを使おうと大きく後ろに下がると、ナターシャが更に一歩半ほど距離を詰める。

至近距離に近付きながらの刺突が、容赦なくアッシュの右胸を貫いた。

一応急所である心臓は外す配慮をしてくれてはいるのだが、右肺には普通に穴が空いている。

アッシュは口から血を吐きながら苦笑し、目を閉じてラストヒールをかけた。

（この程度では死なないと思ってくれてるようだけど、ちゃんと残ってるＭＰは気にしてくれてるのかな……もし切れてたら、俺本当に死んじゃうんだけど……）

ヒール系の魔法で傷を治した場合、見た目上は元に戻っていてもしばらくジクジクとした痛みが続く。

回復痛と呼ばれるそれを耐えるために歯を食いしばりながら、アッシュは再度剣を構える。

「ゆっくりでいいから打ち込んでくるように」

「押っ忍！」

少しだけ距離を取っているナターシャに近付きながら、剣を振り上げる。

まずはシンプルに、両手での振り下ろし。

技の型を確認するためにゆっくりと放たれたそれを、彼女もまたゆっくりと剣で受ける。

ナターシャが体勢を変え、剣を横にして水平に薙ぎ払いを放とうとする。

それを見てからアッシュは更に前に出て、剣の腹を当ててその攻撃を止めた。

アッシュが攻撃をして、ナターシャがそれを防ぐ。そして次にその逆をすることが一セット。

これを痛みが消えるまで、ゆっくりと続けていく。

ナターシャがアッシュ用に組んでいるメニューはいくつかの種類がある。

今やっている、一度全力で戦い大怪我をしてから行われる型稽古も、その訓練の一つだった。

どれだけ体が痛もうと、型通りに攻撃が出せなくては意味がない。

何があっても戦い続けることができるようにする、というのがナターシャの方針だった。

ちなみにこの特訓にも二種類ある。

今回のように明らかに放っておけば死ぬような重傷であれば、治してからスタート。

そして致命傷でないと判断できるような怪我であれば、骨が折れていようと回復を使わずに戦いを強要される。

最近は致命傷を負ってからの戦闘に比重を置いているのか、前者の流れを取ることが多かった。

「で、どうして武闘会の話を俺に？」

「アッシュ、君は同年代の友達がいない。競争できる人がいないと、伸びるものも伸びなくなる」

「俺に友達がいないのは……関係ないでしょう」

ときにフェイントを入れて寸止めをしたり、一瞬動きを止めるかと思わせて再開したり。虚実を織り交ぜながら、あくまでも型通りの動きだけを続けていく。

アッシュはようやく痛みが取れまともに話せるようになったので、先ほどの真意を聞くことができた。

どうやらナターシャは、武闘会を友達作りの場か何かと勘違いしているらしい。

「でも同年代は大切。学校行ったときに知り合いが一人もいないと、浮くよ？」

「そうなんですか……実体験っぽいっすね」

「……何故バレた」

アッシュの脳内にあるm９の記憶にも、たしかに武闘会は存在していた。

たしか勇者ライエンには、魔法学院に入学するよりも前に、十五歳以下の部で優勝をしていた回想シーンがあったはずだ。

メインヒロインのうちの一人であり、伯爵に養子として引き取られたスゥ。

ライエンは彼女と会場で再会し、同じ魔法学院に通うことを約束するのだ。

果たしてライエンが出場するのが今年なのかはわからないが、もし大会に出れば彼と会える可能性は十分にある。

「でも……いいかもしれないですね。素敵な出会いもあるかもしれない」

「一応本選に出るのは良いとこのお嬢様が多いから、出会っても結ばれないと思う」

「……俺はまだ十歳ですよ」

剣以外のことに関しては基本的に天然なナターシャは放っておくとしても……たしかによくよく考えてみると、見てみるくらいならアリなように思える。

ライエンとスゥの再会シーンを生で見れるというだけでm9ファンとしては垂涎ものだ。

もちろん、一度、主人公達のことを確認しておきたいという思いもある。

それに何も、会えるのは彼ら二人だけとは限らない。

国王様まで見に来ると噂の武闘会には、たくさんの大貴族達がやってくる。

大量の原作キャラも来るだろうし、もしかするとその中には……メルシィもいるかもしれない。

そんなことを考えていると剣閃が鈍り、剣筋がブレた。

ナターシャはそのアッシュの隙を見逃さずに、脇に剣を当てる。

「ちょっと顔赤くなってる。……もしかして、既に心に決めた人がいる？」

「――うーん、いや無理っすね」

運営の悪意によって不遇キャラへ落とされてしまう、メルシィ＝ウィンドという少女がいる。

メインヒロインであるスゥの当て馬としての役割を終えるとすぐに没落させられるという、大変かわいそうな女の子だ。

そもそも攻略ヒロインではないので、所謂サブキャラの一人である。

アッシュが前世で一番好きだったのは、メルシィである。

彼女は一見するとただの高飛車なお嬢様にしか見えない。

だが誰もいないベッドの上では、そんな自分を変えたいとため息を吐くような、普通の女の子なのだ。

アッシュは初回限定版ドラマCD『お嬢様達の休日』を聞いて、メルシィにゾッコンになってしまっていた。

そんな彼女に、この自分の暮らす現実世界で会えるかもしれない。

そう考えるだけでアッシュの胸は高鳴った。

だが同時にメルシィがこのままいけば不幸になってしまうことを、今になってようやく思い出した。

正確に言えば思い出したことはあったはずだが、ついつい後回しにして結局今の今まで動いてはいなかった。

自分が生き残ることばかりを優先していたせいで、彼女の家のことまで考えが及んでいなかったのだ。

自分にとってのヒロインを忘れてるなんてと歯を食いしばりもしたが、同時にこうも思った。

もしかしたら――まだ間に合うかもしれない。

自分が行動を起こせば、メルシィの没落は回避できる可能性は十分にある。

ウィンド家が公爵の爵位を剥奪されるのは、たしか隣国である帝国に内通していたのがバレたからだった。

それがいつから始まっていたのかはわからないが、今ならまだ止めることだって――。

（……いや、無理か。ただの平民の言葉を、まともに取り合ってくれる貴族がいるとは思えない）

心中ですぐに否定したが、待てよとすぐに思い直す。

国王が国の内外に声をかけて行われる武闘会では、例年通りなら優勝者には国王に嘆願をする権利が与えられる。

十五歳以下の年少の部にもそれがあるかはわからないが、誰か偉い人と話す機会の一つくらいはあるかもしれない。

自分が知っている、つまりはｍ９に出てきたキャラとつながりが持てれば、その人経由でなんとかウィンド公爵家へメッセージを届けることができるだろうか。

『お前を見ている、内通は止めておけ』

とでも送れば、とりあえず胸の内に飼っている二心を御すくらいのことはしてくれるはずだ。

（というかそもそもそれを言うなら、シルキィ経由で辺境伯へ渡りをつけた方が……いやそれは無理か。あそこの親子仲って、かなり悪かったはずだし）

シルキィと父の辺境伯の不仲は、王都に住んでいる者なら誰でも知っている。親子の会話もないような状態では、シルキィが素直に言うことを聞いてくれるとも思えない。

自分の推しヒロイン（ただし何故か攻略できない）の今後についてジッと考えていたアッシュは、気付けば自分の手が止まっていることに気付いた。

けれどナターシャの方も、追撃してきてはいなかった。相対しているはずの彼女は、何故かうんうんと頷きながら腕を組んでいる。

絶対に何か勘違いしていると思うが、下手に言って機嫌を損ねられたら物理的に蜂の巣にされてしまうことはわかっているので、アッシュは大人しく黙っていることにした。

「師匠命令、優勝してくるように」

「うっす、頑張ってみます」

「それと、最初は文通からね」

「了解了解」

アッシュはこの大会に出る程度ではストーリーは変わらないだろうと高をくくり、割と軽い気持ちで出場を決めた。

できることならウィンド公爵家の没落を防ぐため、メルシィの父であるウィンド公爵へレイズが隣国と内通をする前に止めるための手立てを探したい。

ド平民であるアッシュが貴族と関わりを持てる場は、そうはない。

この好機を逃せば、次がいつになるかは全くわからなかった。

……それに、メインキャラ達やメルシィが見れるかもしれないという、ミーハーな気持ちもある。

――実はアッシュに触発され、修行に熱を入れ始めたシルキィは、既に父親との和解を済ませている。

だがアッシュは、未だその事実を知らない。

この世界は本来敷かれていたレールから、少しずつ少しずつ、ズレ始めていた――。

『それでは武闘会年少の部、予選第一グループの選手入場です！』

キンキンとした、少しくぐもった高音が会場を揺らしている。

アッシュはうるさいなぁと顔をしかめながら、前にいるプラカードを持った女性の後について歩いていく。

ただその見た目は、『偽装』によって変えていた。

今回は剣技も使うため、身長や体格は偽っていない。

ただ顔をフツメンにして、黒髪黒目にしただけだ。

名前もモノクロからとったモノという偽名を使っており、今回もアッシュの素顔を晒すことはしない。

貴族と接触を持てば、要らぬ勘ぐりを受ける可能性がある。

自分の身元を調べられ、両親に迷惑がかかる危険は十分にあった。

そんな危険を冒すつもりは、今のアッシュにはなかった。

「ははっ、見ろよボッシュ。いかにも真面目そうなひ弱なガキが混じってやがる！」

「よちよち歩きで前の姉ちゃんの後を追ってるぜ！　ケツに卵の殻のついたひよっこがよぉ！」

後ろから、明らかに自分のことをバカにしている大きな声が聞こえてくる。

が、アッシュは全く気にせずにペースを乱さずに歩いている。

この年少の部に参加できるのは十五歳以下という制限がある。

参加者達の顔ぶれを見ると、大柄な少年達がほとんどだった。

恐らく年齢制限ギリギリ、十五歳前後の者が多いのだろう。サバを読んでいる者がいてもおかしくはない。

この年頃の一年の差というのは、なかなかに大きい。

体が大きな年上にボコボコにされることがわかっているからか、年少者の出場者はかなり少ないように思えた。

いくら刃を潰した模擬刀を使うといっても、当たりどころが悪ければ骨折の一つくらいはする。

高名な貴族や騎士達の子息は予選からではなく本選からの参加なので、今この場にいるのは自分の腕に自信のある悪ガキ達ばかりなようだ。

庶民にもかかわらず魔法が使えるアッシュは、例外中の例外ということなのだろう。

周囲から見やすくするために一段高く作られているステージへと上りながら、自分たちを見下ろしている観客席の方をぐるりと見渡す。

自分たちから見て左右と後ろに広がっているのが今回観覧している一般客、そして丁度向かいにいるのが貴族や他国の人間達が座する貴賓席だ。

レベルアップの恩恵か、アッシュの視力は既に生前の1・0を軽く超えている。

狩人ばりに目の良くなった彼の視界には、観客達の姿が鮮明に映っていた。

この年少の部は、優秀な人材を若いうちから発掘する……という名目で行われている。

だが実際の役割は、その後に行われる年齢制限無しの武闘会の前座に過ぎない。

どうしても年齢制限のない武闘会と比べれば派手さがないため、人気もそこまで高くはないようだった。

貴賓席には国王の姿はなく、数人貴族の姿が見えるだけだった。

ビジュアル持ちのキャラがほとんどいないせいで、アッシュが見ただけでわかった人間は二人しかいなかった。

そのうちの一人は、どこから嗅ぎつけたのかやってきているシルキィだった。

のんきに見物を楽しんでいる様子で、着ている服もだいぶラフなものだった。

右手にはホットドッグ、左手には飲み物のコップ、そして風魔法を使って綿菓子を宙に浮かせている。

シルキィは視線に気付くとコップをぽいっと宙に放り投げて、アッシュの方に手を振った。

なみなみと注がれていたにもかかわらず、コップの中身は全くこぼれていない。

(なんて精密な魔法制御……少なくとも手を振るために使う精度じゃないぞ)

アッシュは苦笑しながら小さく手を振り返し……そのままビクッと、体を震わせた。

突如として感じた、強い危機感。その発生源は、シルキィの隣だった。

こちらを射殺さんばかりに見つめているのは、リンドバーグ辺境伯その人。

恐らくは品定めの目つきなのだろうが、気の弱い人なら心臓が止まってしまいそうなほどに眼光が鋭い。

その証拠にアッシュの後ろにいる子供は、ヒイッと恐怖から声を上げていた。

(シルキィには魔法の連弾を教えてもらったし、始まりの洞窟に入るために背中を押してもらった恩もある。一応俺の魔法の師匠とも呼べなくない。二人の師に見られているなら、無様を晒すわけにはいかないな)

どこかの一般観覧席からこちらを見ているであろうナターシャのことを考えながら、足を止める。

くるりと振り返ると、予選に集められた二十人弱の子供達が今か今かと戦闘の開始を待ちわびていた。

予選は勝ち抜けのバトルロイヤル方式で、二つのグループからなっている。

最後に立っていた一人が予選突破となり、計二人の人間がトーナメント制の本選へ出場することができる。

ちなみに他の本戦出場選手は、王国にある魔法学院で優等な成績を収めた生徒達である。

アッシュもまた、周りにいる他の選手達と同様に、どこか落ち着きなく体を動かしていた。

緊張、というよりは昂揚からだ。

彼はなんとなく、ちらと横目で舞台の脇にいる予選第二グループの選手達を見る。

そしてそのまま硬直し、目を見開く。

――そこにはひどく見覚えのある、一人の少年の姿があったのだ。

金色の髪を短く切り揃え、勝ち気そうな青色の瞳を輝かせて剣を振っている。

彼は間違いなく――ｍ９の主人公であるライエンだ。

もしかしたらとは思っていたのだが、どうやら今年は彼が武闘会で優勝するちょうどその年だったらしい。

つまりアッシュはこのまま行けば、ライエンと戦うことになる。

ただの脇役だった自分が、主人公と戦うことができるのだ。

――そんな現状に、元プレイヤーとして心躍らないはずがない。

恐らく、本気で戦っても敵いはしないだろう。

ライエンはレベル差や能力差など軽々と乗り越えるようなチートスキルを所有している。

(だが師匠に優勝を約束した身、せめて一矢くらい報いてみせる。今の俺の全力をお前に見せてやるよ。……お前と戦うためには、こんなところで立ち止まってられないよな)

アッシュは深呼吸し、魔法発動の準備を終える。

周囲にいる子供達の中に、アッシュに注意を向けている者はいなかった。

『はい、準備ができたようです。それでは皆様ご一緒に、せーのっ、』

「「「試合開始！」」」

「魔法の連弾、二十連」

ドドドドドッ！

鈍器が肉を打ちつけるかのような、鈍く重たい音が会場に響く。

皆で合わせたかけ声にかき消され、その音は観客にまでは届かなかった。

けれど彼らは、試合開始と同時に選手達に何かが起こったことが、すぐにわかった。

先ほどまで元気に立っていた少年達が、お腹を押さえながら地面に倒れていったからだ。

試合が開始した瞬間に誰かが攻撃をしたのだ。

恐らくは……他の選手相手に、一斉に。

一体、誰が――？

その答えは、たった一人で会場の中央に立っている一人の少年の姿を見ればすぐにわかった。

そこにいたのは、何の変哲もない至って普通な顔立ちの少年だ。

身長は出場者達の中では圧倒的に低く、年齢制限の十五歳よりはかなり下だろう。

倒れている選手達の呻き声が聞こえるほどの静寂が、会場を包みこんでいた。

観客達と同じく呆然とした司会進行役の女性が、ハッと息を吐き出してから拡声器に接続されたマイク型の魔道具を握り込む。

『おおっとこれは……一体何が起こったのでしょうか!?　この司会者であるパリィの目をしても全くわかりませんでした！　ですが既に選手は一人を除いて全員ノックダウン！　今予選は地面に倒れた時点で失格のため、勝ち残ったのは彼一人となり本戦への出場が確定いたしました！　ええっと、選手名は………モノ、モノ選手です！　これは大波乱！　私が目をつけていた子達は、全員ダークホースにかっさらわれました！　私の時間を返せ、バカヤローこのヤロー！』

沈黙を司会のパリィの破れかぶれの解説がぶち破ると、次第にざわめきが会場を満たしていくのがわかった。

年少の部は、親御さんのような気持ちになって楽しめるゆるーいノリの大会、というのが皆が抱く共通認識だった。

未熟な剣を振って一生懸命戦う子供達を微笑ましい目で見つめよう。

その後に行われる年齢制限なしの武闘会を見るために、軽食でも摂りながら英気を養おうじゃないか。

そんな考えをしていた彼らは完全に気を抜いており、司会に言われるまで、何が起こったのか理解ができなかったのだ。

だが一人の選手が残り、彼が一瞬のうちに他の全員を倒したのだとわかると、皆の熱狂はいやがおうにも高まっていく。

「何が起こったんだ？　俺ぁ何度も武闘会を見ているが全くわからなかったぜ」

「俺はかろうじて魔法を使ってるっつうのはわかったが……あれは、一人だけ別次元じゃないのか？」

「剣……使ってない、ぐすん」

様々な人間の声が飛び交い、興奮の渦が起こる。

観客達は老いも若きも関係なくこう思った。

今回の武闘会、年少の部は彼を中心に回るだろうと――。

モノ、モノ、モノ、モノ!!

倒れた選手達を担ぐ医療班達を尻目に、観客達のモノコールが沸き起こる。

彼はそれを当然と思っているのか、ペコペコと観客に礼をすることもなく、自分の強さを誇るような様子も見せなかった。

なんら子供らしい反応をすることはないモノは、歓声が鳴り止まぬうちに突然動き出した。

彼はつかつかとステージの端まで歩いていき、一度も抜いていなかった剣の切っ先を会場の外へ向ける。

モノに釘付けになっていた皆が、剣の先にあるものがなんなのかを見る。

そこにいたのは、モノのことをジッと見つめている一人の少年だった。

『おおっとこれは……因縁のライバル!?　宿命の相手!?　モノ選手、いきなりの宣戦布告です！　お相手の選手はええっと………ライエン選手です、ちなみにこちらも事前情報なし！　なんなんだ、今年の年少の部は何かが違うぞ!!』

奇しくも彼女の感想は、今まさに年少の部を見ている観客達の心の声でもあった。

明らかにレベルの違う実力を持つモノ、彼がいきなり宣戦布告をしたライエン。

興行としての側面がそれほど大きくはない武闘会においては、人と人の因縁というものを見ることはあまりない。

人を呼び込むためにそういったものをあれこれと用意してくる剣闘団のそれとは違う、天然もののドラマ。

それを直に目にしたことによる熱の高まりが、たしかにこの場にはあった。

本来なら年少の部は一般の部の前座に過ぎないのだが、今会場を包む興奮の渦は明らかに大きくなっていた。

そしてそれは予選第二グループの勝者が、ライエンとなったことで更に高まっていく――。


「シルキィ、あれか？」

「うん、そうだよ」

武闘会年少の部が行われている、王立闘技場の貴賓席。

そこで観戦に集中していたシルキィは、父親の質問に言葉少なにそう頷いた。

今彼女の目の前では、本選トーナメントがスタートしたところだ。

運営の配慮か天からの采配か、アッシュ扮するモノとライエンは別々の組に振り分けられており、彼らが戦うのは決勝の舞台となっている。

今はモノが本選第二試合、将軍エレドリックの子息と戦いをしている最中だった。

相手の剣の全てをモノが躱し、その度に歓声が上がる。

そして彼はゆっくりと、獲物が弱るのを待つ肉食獣のような瞳を光らせて――連撃が終わるのと同時に、剣を相手の喉元に突きつける。

相手が降参をしたことで、もう上がらないと思っていた会場のボルテージが更に上がる。

二人以外の出場者が、気の毒に思えてきてしまう。

今年の年少の部は良くも悪くも、あの二人以外は完全に蚊帳の外だからだ。

シルキィが目をつけている件の少年がモノであることを察した辺境伯は、ジッと試合の一部始終を観察していた。

その日つきは鋭いが、別に視線で誰かを射殺そうとしているわけではない。

娘であるシルキィですら最近わかったことなのだが、彼女の父は見るものに畏怖を与えるような圧迫感はあるが、実はそこまで恐ろしい人間ではない。

常に怒っているわけではなく、ただ超が付くほどの強面と圧倒的な力を持っているだけなのだ。

以前はそれが恐ろしかったが、正体を知ってしまえば気にもならなくなる。

自分が将来辺境伯として魔物と戦っていけるようにと無理をさせてでも魔法を使えるようにしたらしいと聞けば、以前のように憎むのも難しいというものだ。

(こんな風に一緒に試合観戦をしてるなんて……なんだか今でも信じられないってのが、正直な気持ち。ちょっち前の自分に言っても、絶対信じたりしないと思う)

ちょっとだけ回顧してから、いや今はそんな場合じゃないかとシルキィは意識を現実世界へと戻した。

「魔法だけではなく剣も使えるか……あれは相当レベルも上げているな、低レベルの動きではない」

「ホントそれ、最近見ないと思ったら剣ばっか振ってたんだね。多才すぎ」

「予選で使った魔法の連弾は見事だったな。魔法の弾丸は使い勝手は良いが、反面真っ直ぐにしか飛ばない。多連発射はそれぞれ細かく方向を決める時間が短いというのに、一つの無駄玉もなく相手を打ち抜く精密さ……本当に十歳だとしたら、化け物だ」

辺境伯やシルキィを始めとする一部の人間は、彼が予選の際に使った攻撃の難度の高さを理解していた。

魔法の弾丸を撃ったとわかった人間は大勢いたが、魔法が使え、かつ魔法の弾丸を実用レベルまで鍛えている人間でなければあれの凄さはわからないだろう。

魔法の弾丸を一発も外さずに全弾命中させる。

本来多重発射をして命中率を数で補う魔法の弾丸の使い方として、あれは異様に過ぎる。

シルキィもまさかここまでとは思っていなかった。

彼女が見ているところでは、アッシュは手を抜いていたのだ。

自分のことを隠そうとする彼らしいとも言えるが、正直なところムカついた。

だが父からも、自分と同じ感想が出るとは思っていなかった。

戦場では悪鬼と恐れられるあの父が、アッシュを化け物と呼ぶ。

やはり自分の目は、間違ってはいなかったのだ……と。

「やっぱパパもそう思う？」

「うむ。しかもあやつはまだ何かを隠しているな。お前が気に入るのもわかる」

「へ、そう？　予選でやったあれクラスの隠し球はもうないんじゃないかな」

「……ハハッ、お前はまだまだ若いな」

シルキィの言葉に、辺境伯は豪快に笑った。

自分を子供扱いする父に対し、シルキィはむうっと頬を膨らませる。

だがそんな娘の様子には頓着せず、彼は視線をモノへと向けたままだ。

己より二回り以上も小さい彼を見つめるその目は、真剣そのものだった。

「戦場に慣れれば、相手がどのような矛を隠し持っているかはなんとなく掴めてくる。それが掴めぬようでは、死ぬだけだからな」

「ふぅん……そーなんだ」

「――だが解せんな」

戦いに明け暮れ、恐らくは王国で一、二を争う魔法使いである父の言葉には含蓄《がんちく》があった。

シルキィは子供だと言われたことに不服を覚えながらも、その発言を反芻して、そして少し納得した。

(たしかにアッシュなら、自分が持っている真の実力をまだ隠していてもおかしくはないかも)

どうしてそんなことをするのかシルキィにはよくわからないのだが、自分の力を他人に見せることを極端に嫌がる。

何度か本気の模擬戦の誘いをかけたりもしたことがあるが、今のところ全て断られてしまっている。

たまに戦うことはあっても、そのときも明らかに力を出し渋っていた。

だが今アッシュはどういうわけか、自分の実力を武闘会という人目につく場所で見せている。

彼をその気にさせる何かが、この場にあるというのだろうか。

――それがあの、ライエンだというのだろうか。

自分ではない誰かにアッシュが熱を上げている。

どういうわけか、その事実にシルキィの胸はかき乱された。

「あの子供……ライエンにモノほどの覇気はない。俺から見ても、ただの子供にしか見えぬ。何故それほどまでに固執する。勝敗は戦わずとも明らかだろうに」

「ねー、ホントそれ。ア――モノもどうしてあれに……」

「そんなことありません！　ライは絶対に勝ちます！」

二人の会話に、何者かが割り込んでくる。

横から会話に入ってきたのは、同じ貴賓席から試合を観戦している一人の少女だった。

あまりマナーの良い行為とはいえないが、辺境伯もシルキィもそんな小さなことに目くじらを立てるような人間ではない。

そんなことよりも彼らの興味は、その少女の言葉に引かれていた。

「すみませんリンドバーグ卿！　ウチの娘が大変失礼を……」

「気にするなクルス卿、俺の娘がそれくらいの年のときはもっと酷かったからな」

「えっとたしか……スゥちゃんだっけ？」

「は……はいっ！　すいません、ついカッとなってしまって……」

あせあせとしながら、額に掻いている冷や汗をハンカチで拭う彼女はスゥ。

クルス伯爵がふと視察したときに見つけた才女で、今は彼の養女として伯爵家で教育を受けていたはずだ。

貴族は家を絶やしてはならない。

しかしどうしても子が産みにくい体質の者もいるし、病気や怪我で子作りができなくなってしまう者も少なくない。

そのため王国では、貴族が養子を取ることはそれほど珍しいことではなかった。

(たしかスゥちゃんは、以前は元フッツーの村娘だったはず)

彼女がライエンを知っているということは——もしかすると、あの子と同郷？

シルキィが尋ねようと口を開くが、父の方が一瞬だけ早い。

「君はあの少年のことを知っているのか？」

「は、はい！　ライ——ライエンとは古くからの幼なじみでして」

「ぶっちゃけさ、彼って強いの？」

「つ、強い……と思います。そりゃたしかに、モノさんと比べると見劣りはするかもしれませんけど……ライエンは最後には必ず勝つんです。私は彼が負けるところを一度も見たことがありませんし、負けるって想像することもできません」

たしかにスゥの言う通り、ライエンの戦いぶりはモノと比べれば劣っている。

剣技は我流で、明らかに何者かに師事している洗練されたモノと比べれば粗が多い。

魔法が扱えるらしくフレイムアロー等の初級魔法を使うこともできるようだが、あの魔法の連弾の曲芸を見た後だといささか見劣りの感は否めない。

だがどうやらスゥは、ライエンが必ず勝つとそう信じ切っているようだ。

同郷の色眼鏡もあるとは思うが、彼女は明らかにレベルの違う二人を見てもまだ疑念の一つも抱いていない。

最後には必ず勝つ。

すごく曖昧な物言いだが、相手に引き出されるように自分も強くなっていき、最後には上回るということなのだろうか。

そんな都合の良い力が存在するとは到底思えないけど――シルキィはよくわからないなぁと思いながらライエンのつむじを見つめる。

「ふむ、さしずめライエンは晩成型と言ったところか。今は弱くとも、どんどんと強くなっていくタイプと」

「そそそ、そんな感じです！」

「そしてモノは明らかな早熟型だろう。二人のタイプは正反対というわけだ」

シルキィは父の威容に明らかにビビっているスゥを横目に、試合を見届けた。

ちょうどライエンの第二試合が終わったところだった。

彼の方も、モノと同様危なげなく勝ち上がっている。

だが今の試合を見ていても……やはりライエンにそれほど光るものがあるようには思えない。

果たしてスゥが言うように、ライエンに勝ち目はあるのだろうか？

「ねぇパパ、モノが負けるなんてことがありえるの？」

「十中八九……いや九分九厘あり得ないだろうな。両者共に十歳で、ほぼ全ての面においてモノの優勢は明らか。賭けにすらならぬだろう」

辺境伯の言葉を聞いて、スゥが悲しそうな顔をする。

自分が信じているライエンが負けると言われて、気分が落ち込んだようだった。

だが今の父の口ぶりから考えると、まだ言葉は終わりではない。

実の父であるからこそ、シルキィにはそれがわかった。

「ただこと戦いにおいては、大番狂わせというものはたしかに存在する。絶対に勝てない、何があっても倒せない……そんな相手を、俺は何度も殺してきたからな」

辺境伯は自分のあごひげをさすりながらスゥを見つめて笑う。

そしてその横にいる恐縮した様子のクルス伯爵の方へ視線を移し、その笑みを深めた。

それは戦いを生業にするもの特有の、相手の命を刈り取る肉食獣のような獰猛な顔つきだ。

「……パパ、流石にそれはやりすぎ」

恐らくは落ち込んだスゥを慰めようとしているのだろうが、その意図は付き合いの浅い伯爵達には伝わらなかったようだ。

二人とも縮こまっているし、スゥは完全に半泣き状態になっている。

ごめんねと謝りながら、シルキィは二人が戦う光景を予想する。

大番狂わせが起こるとは、彼女には思えなかった。

「どうやらモノの方にも何かが見えているようだし……案外この勝負、わからぬやもしれぬ」

どうやらまだまだ王国には、自分の知らぬ才が眠っているらしい。

辺境伯は、国の未来は明るいと空を仰いだ。

空腹を感じた彼は鳥の腿肉を魔法で温め直し、そのまま豪快にかぶりついた――。


『ワアアアアアッッ!!』

今から入ろうとしている会場から、割れんばかりの歓声が響いている。

その様子は外から見ていると異様なものだった。

(武闘会って、そんなに興奮するものなのかしら……)

一人の少女が、供を連れながら王立闘技場へと向かっている。

パーマを当てたクルクルとした巻髪を揺らしながら軽い足取りで歩いており、傍から見ると非常に楽しげだ。

彼女は生まれて初めてやってきた武闘会に心を弾ませていた。

アメジストの瞳を輝かせる少女の名は、メルシィ＝ウィンド。

ウィンド公爵家の長女であり、アッシュが前世から推し続けている少女だ。

「なかなかに凄い歓声ですな。はて、まだ年少の部の時間だと思うのですが……」

「巧拙はおいておくとしても、試合にかける思いの強さに強弱はない。それだけ熱の入った試合をしているということだろうさ」

「そういうものでしょうか……いやはや、私にはわからない世界ですなぁ」

彼女は父達が話をしている三歩後ろで、ゆっくりと周囲を見回しながら歩いている。

父であるウィンド公爵が敬語で話しかけるような男は、この国に一人しかいない。

武闘会のような野蛮な催しが嫌いな彼の隣で楽しそうな顔をするのは、今年で齢五十一になるフィガロ二世、このフェルナンド王国の現国王である。

既に老齢の域に入っているにもかかわらず、その目は童心を忘れておらず、キラキラと少年のように輝いていた。

今回ウィンド公爵が武闘会にやってきたのは、国王の茶目っ気が原因だった。

彼の予定は年齢制限無しの午後の部から観戦するよう組まれていた。

けれど若い子達の元気をもらいたいと、年少の部決勝に間に合うように各種予定を繰り上げて闘技場へ来てしまったのだ。

本当なら戦いの詳細な解説ができるリンドバーグ辺境伯が王に随伴するはずだったのだが、予定が狂っているために彼は未だ試合を観戦している最中。

誰も伴わず闘技場に入るのは体裁的にマズいだろうと、本来別の舞踏会に参加する予定だった公爵が予定を変更してこの場にやってきていたのだ。

本当なら娘であるメルシィも父に連れ添って舞踏会に参加しワルツを踊る予定だったのだが、公爵がそろそろ国王に顔見せをするには良い時期だと言ってくれたおかげで、会を抜け出てこちらに合流することを許された。

ダンスだって一応は踊れるし、社交界での基礎教養も一通り学んでいる。

だが彼女は未だ十歳、遊びたい盛りの年頃の女の子だ。

舞踏会で堅苦しく肩肘張って踊るより、生まれて初めての武闘会を観戦する方が楽しいに決まっている。

「お父様、国王陛下、そろそろ行きましょう？　どんどん歓声が大きくなっています、このままだと一番良いところを見逃してしまうかもしれません」

「ははっ、たしかにその通りだ。メルシィ嬢、一緒に行こうか」

「あ、ありがとうございます！」

女性へ手を差し出して、腰を軽く落とす。

国王陛下のエスコートに驚き戸惑いながら、メルシィはおっかなびっくりとその小さな手を大きな国王の手に重ねる。

本来なら国王がする態度ではないが、今は無礼講ということなのか彼に気にした様子はない。

公爵は一瞬気難しそうな顔をしたが、覚えがめでたいに越したことはないだろうとすぐに表情を取り繕った。

自国の国王と肩を並べて歩くという世にも奇妙な経験をしながら、メルシィは会場から聞こえてくる声に耳を傾ける。

聞こえてくるのは、恐らく今会場を沸かしているであろう人物の名だ。

わざわざ耳をそばだてなくても聞こえてくるほど、そのコールは響いている。

「モノ選手……いったいどんなお方なのでしょう」

「さて。楽しみだねぇ。こうやって若い力が育ってるって実感すると、年を感じるよなぁ……」

三人は護衛と供を引き連れて、貴賓席へ通じる上り階段へと向かっていく。

舞台は着々と整い、登場人物達がステージへと上がっていく。

アッシュとライエンの戦いは、確実に周囲へその余波を拡げていた——。

『さぁ、とうとうやって参りました王国武闘会年少の部決勝戦！』

司会の女性の声をバックに、アッシュは一人、ステージ下の階段前に立っている。

視線の先、向かい側には戦うのを待っているライエンの姿が見える。

彼はどうやらアッシュに敵意を持っているようで、少し目を向けただけでガルルッと獰猛な獣のように唸られてしまった。

(や、ややややってしまった！)

というのが、今のアッシュの正直な気持ちだった。

本来自分が武闘会に参加したのは、ウィンド公爵家の内通をなんとかできるかもしれないという希望的観測と、師匠であるシルキィとナターシャに無様は見せられないという思いからだった。

それとライエン達ｍ９の登場人物に会ってみたいという、好奇心もあった。

どうせ優勝するまで戦い続ければ、実力はある程度はバレてしまう。

それなら今まで培ってきたものを見せようなどと張り切ったら、このざまである。

会場にはモノコールが起こり、腕を振り上げながら自分を応援している人までいる。

たくさんの観客達が、アッシュの強さを認め声を張りあげていた。

本当なら、予選の段階であそこまで本気を出すつもりはなかった。

しかしあの主人公ライエンが、自分の戦いぶりを見ている。

たったそれだけのことで、何故か妙に心が昂ぶって加減が利かなくなってしまったのだ。

見知った顔、というかｍ９に出てくる登場人物が何人も見えていたというのも大きいかもしれない。

(でもあれ……絶対に俺のこと、嫌ってるよな)

だが妙に舞い上がり挑発までしてしまった結果、恐らく一番大事なはずのライエンから自身への好感度が凄まじい勢いで下がっていた。

わざわざ彼をたきつけるようにこれ見よがしなパフォーマンスまでしたのだから、当然のことではある。

しかし今後のことも考えると、頭が痛かった。

『想像以上の盛り上がりを見せる年少の部決勝戦がいよいよ始まります！　見逃し厳禁、値千金！　今後の歴史に残るであろう一戦の幕が上がろうとしております！』

誘導に従い、階段を上っていく。

ライエンとの距離がどんどんと近くなり、彼の全身がはっきりと見えるようになる。

彼の端整な顔、なんだってできるという自信。

そしてどんな劣勢でも覆せる力を持ち、近い将来周りに魅力的なヒロイン達を……。

「――なぁんだ、そっか」

ふと、肩から力が抜ける。

わかってしまえば簡単な話だったのだ。

アッシュは自分がどうしてここまでライエンに固執しているのか、その理由にようやく気付いた。

つまりは単純に――アッシュはライエンのことが、気に入らないのだ。

自身がライエンに生まれ変われなかったことを、妬んでいると言ってもいい。

本当なら、世界を救うのは自分のはずだった。

本当なら、ヒロイン達を救い共に生きていくのは自分のはずだった。

だが彼女達を助け出せるのは、自分ではない。

全てを救うために魔王を倒せるのは、世界でただ一人ライエンだけだ。

目の前の少年はきっと、死ぬような思いをした経験などないだろう。

大人になる前に殺される自分の運命におののいたことも、死ぬ気で魔法を習得し法律スレスレな手段まで使って強くなろうと思ったこともないはずだ。

アッシュには自分が、あらゆる手を打って成長してきたという自負がある。

同年代の子供に、強さでなら誰にも負けないという自信がある。

だが目の前の少年は、持っているチートスキルでそんな自分を苦もなく超えていく。

そんな未来がわかってしまうのも、なおのこと腹立たしい。

ｍ９の主人公として、ライエンとしてゲームをプレイしてきたからこそそう強く思ってしまう。

主人公補正を持つライエンに、脇役のアッシュでは敵わないと。

壇上へ上り、互いに見つめ合う。

ライエンの方は、ずいぶん怪訝そうな顔をしていた。

「……僕は君と会った記憶はないんだけど」

「当たり前だろ、初見だよ初見。そっちは、だけどな」

アッシュは少し気恥ずかしくなりながら、ガリガリと頭を掻く。

精神は肉体に引っ張られる。

わかっていたつもりだが、まさかこんな子供じみた嫉妬心を、自分が秘めてるとは今の今まで気付かなかった。

醜くて、意味のない感情だ。

この世界の主人公を羨んだって、しょうがないっていうのに。

だが、とアッシュは思い直す。

この世界はｍ９に非常によく似た世界だ。

――しかし、ｍ９そのものではない。

主人公は何もライエン一人だけではないのだ。

月並みな言い方をすれば、この世界で生きる人達全てが主人公なのである。

今まで、自分はこのｍ９の世界を変えずに死の運命に抗おうとしてきた。

だが、既にそれはおじゃんになりかけている。

ゲームのシナリオからズレ始めているこの世界の、話を紡ぐ主人公の一人として、アッシュという人間はこの世界に立っている。

……それならいっそ、本気で抗うのもアリかもしれない。

ゲームのシステムに。

ライエンの持つ、主人公補正に。

負けイベントがあったとしても、絶対に負けることはない主人公ライエン。

この異世界なら、そんな彼に土をつけることだって、きっと――。

『会場の盛り上がりが最高潮になってきたところで……準備ができたようです！　それでは皆さん、ご唱和下さい！　せー、のっ！』

「「試合開始！」」

アッシュは決意を固めた。

この試合で自分は全てに勝つ。

ライエンという主人公に、彼の持つ固有スキル『勇者の心得《ブレイブハート》』に、そして……自分自身がどこかで感じている、引け目や嫉妬に。

ただ倒すのでは意味がない、全てを乗り越えて勝つ。

相手の全力を引き出して、更にそれを超えてみせる。

「俺だって、なれる——いや違う、なるんだ」

アッシュは自身で出せる最高速度を出し、一瞬のうちにライエンへと肉薄した。

そして驚きながら剣を前に出し防御姿勢を取ろうとする彼を嘲笑うかのように、その背後へと移動する。

己の敵を見失ったライエンの腿に蹴りを入れて転ばせ、背中に模擬刀を思い切り叩きつけた。

「俺の、俺だけの物語の……主人公に！」

ベギン、という骨の折れる低い音と、ライエンのくぐもった呻き声が聞こえてくる。

それは今まで己というものを押さえつけてきたアッシュが放った、全力の一撃だった——。

第四章　最強対最強

『おおっと、これはまさか一瞬のうちに決着がついてしまうのかぁ!?　ステージ上で倒れて五秒経ったら失格ですが……モノ選手のスピードの前では、流石のライエン選手も手も足も出ないということなのか！　正しく圧倒的、圧倒的な勝利……』

「エクストラヒール」

アッシュは直ちに試合を終わらせライエンのもとへ走っていこうとする救護班を睨みながら、エクストラヒールを使用した。

年少の部では回復魔法の使用は禁止されていない。

そもそもそんなものを使える子供がいるなどという想定がされていないが故のルールの穴だった。

つい全力を出してしまった今は、そのルールの抜けがありがたかった。

一撃で勝負が決まったら、試合には勝っても勝負はついていないのと変わらないからだ。

元々HPの低い低レベル帯、怪我の内容が背骨の骨折程度ならラストヒールを使わずともエクストラヒールで事足りるだろう。

アッシュは傷が癒えたことを確認してから、バックステップで距離を取る。

これだけで試合が終わるなどとは、アッシュ自身思っていない。

かつてｍ９プレイヤーだったアッシュは知っている。

ライエンがそれほど簡単に折れるような、ヤワな男ではないことを。

『三……四………立ったぁ！　ライエン選手立ちました！　試合は続行！　続行です！』

その証拠にライエンはふらつく足取りながらも、たしかに五秒経過する前に立ち上がった。

回復魔法をかけられたことで、今彼の背中は燃えるように熱くなっているだろう。

だが彼はしっかりと剣を握り、アッシュの方を一心に見つめていた。

己の敵の一挙手一投足を、見逃さないと言わんばかりに。

先ほどより少し速度を落として、今度は正面から駆けていく。

今のアッシュの速力は、前世における短距離走のアスリートの全力疾走を軽く凌駕する。

剣を持っての突進を、ライエンは横に剣を構えそのまま受けることしかできなかった。

ガィンと剣同士が打ち合わさる音が鳴り、火花が飛び散る。

そして勢いのついた突進の衝撃を受けたライエンが、大きく後ろに下がった。

だが場外になってしまうステージの縁ギリギリで踏みとどまり、息をつく。

そんな暇は与えないと、アッシュは更に速度を上げていく。

アッシュの剣が、ライエンの体を傷つけていく。

高速で放たれる斬撃が、体に幾筋も赤い線を引いた。

刃を潰してあるはずのナマクラの剣でも、切っ先を上手く使えば斬ることはできる。

「どうしたよ、そんなもんじゃないだろう？」

場外になりそうなライエンの首根っこをひっ捕まえて、後ろへぶん投げる。

ライエンは背中から、ステージの中央に落ちる。

だが咄嗟に受け身を取っていたため、彼は何ごともなかったかのように立ち上がった。

アッシュはそれを見て笑う。

(なんで反応できるようになるんだよ……この一瞬で)

ライエンが持つ固有スキル『勇者の心得』の力は合わせて七つある。

今使われているのは、第一の力『不撓の勇気《フォーチュンブレイブ》』。

自分よりも相手が強かった場合に、その差を埋めるように自身を強化する力だ。

現在、アッシュとライエンの戦闘能力にはかなりの差がついている。

その隔たりを、主人公補正の一端を担うチートスキルが埋めようとしているのである。

腹立たしい……が、そうでなくてはならない。

相手の全力をたたき伏せねば、勝ったとは言えないのだから。

「もっと気張れよ、死んでも知らねぇぞ」

アッシュにとって中距離とは、己の間合いに他ならない。

彼が生まれ持って手に入れていた魔法、魔法の弾丸《マジック・ブリット》。

レベル1の頃から八年近くこの魔法には世話になり続けている。

アッシュには、自分がこの魔法を、恐らく世界でも五指に入るレベルで使いこなしているであろうという自負がある。

習熟度が上がり、最早目を閉じたり、意識を集中させずとも魔法は発動する。

「魔法の連弾、十連」

魔法の弾丸を同時に生成し放つ魔法の連弾。

その軌道を一発ごとに微妙にずらし、放つ。

一発目が着弾、ライエンはその場を動かず痛みに耐える。

それも想定内だ、二発目がそんなライエンの足を射貫く。
三、四発目が腹に入り、五、六発目がそれぞれ両の腕を刺し貫いた。
とうとう堪えられなくなり地面に倒れ伏す彼の腿と肩を残り四発の弾丸が打ち抜いた。

知力が上がっているアッシュの魔法の弾丸は、既に人体を容易く貫通する。

曲射をマスターし、時間差であらゆるところに精密な射撃ができるようになったアッシュの魔法の弾丸は、本来想定されているであろうものよりはるかに多様で応用の利くものへと変化していた。

血反吐を吐きながら倒れている様子を見て、アッシュはライエンに近付いてリジェネレートを使う。

あまり大量に魔法を使いすぎても、こちらの魔力が切れてしまう。

ライエンは何をしても死ぬことはない、というか死ぬ寸前までいけば彼の能力が発動するのですぐにわかる。

それなら痛みにくらいは耐えてもらおうと、直接患部を治すヒールではなく内側から少しずつ傷を癒やすリジェネレートを使ったのだ。

再度距離を取り、ライエンが立ち上がるのを待つ。

彼は今回は五秒が経つ寸前に立ち上がった。

既に意識は朦朧としているようだが、ライエンの肉体は闘争を選択したようだった。

消え入るような小さな声で呟かれ、魔法が生み出される。

「フレイム……アロー……」

だがライエンの手元に生まれた初級魔法フレイムアローは、今まで彼が試合で見せていたものとは桁が違っている。

大きさも太さもライエンの腕くらいあり、もはや矢というよりは槍のようなサイズになっている。

そして温度が高いのか、その炎の色は白を通り越して青くなっていた。

ただの炎の矢とは次元の違う威力だと見ただけでわかるそれを、ライエンは的確にアッシュ目掛けて放ってくる。

「チイッ、ウォーターエッジ！」

アッシュは初級水魔法ウォーターエッジを放ち、即座に転げるように右へ飛んだ。

炎の矢はそれを真っ正面から受け止め、少し停滞してから嘲笑うかのように突き破る。

すぐに速度は元に戻り、先ほどまでアッシュがいたところへ攻撃が飛んでいく。

アッシュの着ているコートの端が炎に触れた。

信じられないことに攻撃を受けた部分が一瞬で炭化し、パラパラと地面へ落ちる。

ライエンの固有スキルに内包されている二つ目のスキル、『勇気の魔法《ブレイブオーバー》』。

彼が使う魔法を、本来のものとはもはや別物レベルに強化された勇者バージョンへと変えて放つスキルだ。

その威力は、今しがた体感した通り。

恐らくは未だレベル5にも届いていないはずのライエンのフレイムアローは、レベル20を超え知力に相当な開きがあるはずのアッシュのウォーターエッジに容易く打ち勝った。

あの一撃を食らえば、今の自分でもひとたまりもない。

ライエンのスキルは自分より強力な敵を倒すための、ジャイアントキリングに特化している。

それをこうして肌で実感することは、とても恐ろしいことであった。

だが今彼が力を使っているということは、自身がライエンにとっての巨人であるという証明でもある。

そのためアッシュの内心は、歓喜と恐怖がない交ぜになっていた。

剣を支えにしながらなんとか立っているライエンを見据えていたアッシュの耳に、バシュンと大きな音が聞こえてくる。

何かと思い思わず目を会場の外へ目を向けると、そこには先ほどのライエンのフレイムアローを飲み込む巨大な水の壁が生み出されていた。

完全に失念していたが、もしこの水壁がなければあの矢は観客に当たっていた。

あんなものを一般人が食らえば、間違いなく消し炭になってしまっていただろう。

危うく、観戦者から死人を出してしまうところだった。

中級水魔法ウォーターウォール、それがあれだけ巨大なものになるとするのなら術者の知力は並大抵のものではない。

しかも自身から距離を開けば開くほど効力の減衰する魔法を、遠距離からこの大きさで発動できる。

アッシュが知っている限り、この場にいる人物でそんな芸当ができるのは一人だけだった。

貴賓席で王の前に立ち、その大柄な体に見合った棍棒のような杖を掲げる偉丈夫。

シルキィの父親である、リンドバーグ辺境伯だ。

「余波は俺が止めてやるっ！　お前らは好きにやれ！」

遠く離れたアッシュにまで届くその声はまるで野獣の咆哮のようで、どれだけ肺活量があるんだよと苦笑いすら出てしまう。

が周りを気にせず戦えるのは、ありがたい話だった。

そもそもこれだけ余裕を持って戦えるのも、今だけの話。

ライエンの力が十全に発揮されれば、今の自分ですら敵うかはわからないのだから――。

「さぁて、そろそろ回復したか？　第二ラウンドといこうじゃないか」

「僕は……倒れない。負けない、負けられないんだ」

「ハッ、知ってるよ――痛いほどにな」

「もう止めてッ！　死んじゃう、ライが死んじゃうよっ！」

悲痛な叫び声が、貴賓席に響き渡る。

その声は伯爵令嬢であるスゥのもの。

彼女は目に涙を溜めながら、必死になって自分の父に訴えかけていた。

スゥはライエンが負けることはない、彼なら絶対に勝ってくれると信じていた。

それは幼い子供が抱える恋心と期待から来る純真な気持ちだったが、しかしことこのような状態になれば話は違う。

今もまた、スゥの目の前でアッシュの魔法によりライエンの腹が刺し貫かれる。

ライエンは吐血しながら、彼を引き離そうと剣を振った。

力任せに振るった剣を避け、アッシュが数歩下がる。

ライエンがアッシュ目掛けてフレイムアローを放ち、それをアッシュは魔法の弾丸で軌道を逸らして避けた。

あらぬ方向に飛んでいった魔法が観客の手前で止まる。

幾重にも重なった炎の壁が火の勢いを弱め、それを後ろにある一際大きな水の壁が防ぎ止めた。

先ほど出された辺境伯の指示により、武闘会を観戦していた騎士達は現在、二人の攻撃から観客を守るために総動員されている。

ただの子供のチャンバラごっこにそこまでの警戒をすることなど、普通はありえないことだ。

だがそれをせねばならぬだけの力が、あの二人にはあった。

彼らが戦うその様子は異様そのもので、これが年少の部であり、年齢制限無しの本大会の前座であるということを覚えている者はいない。

皆が皆、固唾を飲んで戦いの行方を見守ることしかできなくなっていた。

「お父様、今すぐ戦いを止めて下さい！　あんな化け物と戦っていれば、本当にライエンが死んでしまいます！」

「うむ、だがそれは……」

我が娘の悲痛な声を聞き、伯爵が顔をしかめる。

彼を始めとする観客のほとんどは、既にこの会場の空気に飲み込まれていた。

試合が始まるまでの熱狂的な声援は既になく、ただ魔法と剣がぶつかり合う音だけが静かに耳に届く。

司会役の女性は必死に声を出しているが、その勢いもどこか弱々しい。

本当ならあまり血なまぐさいものが好きではない伯爵は、戦いが既に苛めにしか見えなくなった段階で戦いを止めるつもりだった。

だが、それができない理由があったのだ。

「ならん、どちらかが倒れるまでは手は出させるな。これは王命である」

「国王陛下っ！」

国王陛下と辺境伯が、この戦いに見入っているからだ。

彼らの表情は、真剣そのものだった。

「スゥ嬢、これは男の戦いよ。二人の間に割り込むようなことがあっちゃいけない」

「その通りだ。あいつらは今、己という存在を火にくべてその炎を激しく燃やしている。そこへ水をかける行為は、あまりにも無粋だ」

でも……とスゥはステージ全体を見渡す。

二人の戦いはあまりにも激しく、そして凄惨だった。

既にステージは互いの衣服や血が飛び散って凄まじい様相となっている。

だがどちらも、戦いを終える気配はない。

いったい何が二人をここまで突き動かすのか、スゥにはそれが全く理解できなかった。

「それに安心しろ、本当に命に関わる状態になったなら何がなんでも止めるさ。だろ、リンドバーグ卿？」

「無論です。あれだけの才能を持つ若武者達、ここで死なすのはあまりにも惜しい」

スゥからすればライエンは今すぐにでも死んでしまいそうにしか見えない。

だがどうやら国王達は、この戦いをそれほど深刻に考えてはいないようだった。

国王も辺境伯も、戦いを止めようとはしない。

それどころか彼らは、次に何が出てくるのかを楽しみながら試合を見ている節があった。

「なんだあれは……回復魔法を使わずに、腹の傷が塞がっていくぞ!?」

「恐らく固有スキルでしょうな、リジェネの回復量ではああはならない。いったいライエンは、いくつ隠し球を持っているのか……」

「でもあいつは魔法や身体能力を強化するスキルもあっただろ？　汎用であの強化となると……」

「――多分私と同じ、複数能力持ちの固有スキルだと思います」

二人の会話に割り込んだのは、シルキィだった。

彼女の持つ固有スキル『風精霊の導き』は、父である辺境伯の『魔法習得《マジックアクイージョン》』をも凌ぐ強力なものだ。

だがシルキィは確信していた。

恐らく目の前で戦うあのライエンが持っているものは、自分の固有スキルすら軽く凌駕するようなとてつもないものだと。

国王フィガロ二世が驚いていたように、既にアッシュに刺されたはずの傷は癒えている。

そして試合当初と比べると、ライエンの動きは目に見えて良くなり始めていた。

何十何百と傷をつけられ、骨が砕けるような一撃をその身に受けながらも、より強くなっていく。

スゥはモノ――アッシュのことを化け物と呼んだ。

だがシルキィからすれば、ライエンの方がはるかに怪物じみているように思える。

自分を含める何人もの人から魔法や剣を習い、それを極限まで鍛え上げたアッシュ。

それを真っ向から受け止め続け、傷を受けながらも超えようとするライエンの姿は、シルキィには化け物にしか映らなかった。

「しかし複数能力持ちの固有スキルとは……凄まじいな。まだ十歳であれか……」

「恐らくは、モノが彼の力を最大限に引き出しているのでしょう。思い返してみればやつは最初から、ライエンに発破をかけていたようにも見える」

辺境伯の予想は当たっていた。

ライエンが持つ固有スキル『勇者の心得』は、徐々に能力が解放されていくタイプのスキルである。

将来勇者となる彼のスキルは、一人の少年が持つにはあまりに強すぎる。

全力で使えば体が保《も》たず壊れてしまうため、段階的に能力が解放される仕組みになっている。

そしてその解放条件とは――強敵に立ち向かおうとする、強い気持ちだ。

本来ならその時点で敵わない相手と戦う際に発動し、新たな能力を解放させ、敵を辛くも打ち倒すということを繰り返して、ライエンは強くなっていく。

そして力の使い方を覚えていき、七つある『勇気』スキルを駆使できるようになったときには、魔王に挑むだけの強さを手に入れることができるようになっているのだ。

しかし今ライエンの目の前には、現状では絶対に勝てぬアッシュという存在がいる。

本来なら一つ解放すれば敵を倒せるはずなのに、スキルのロックを外しても、アッシュは更にその上を行く。

そのため今のライエンは、いくつものロックが連続して外れている状態だ。

既にライエンは七つある能力のうち四つ目、ＨＰを無限に回復し続けるスキル『不屈の勇気《リソルブブレイブ》』を解放させていた。

何度倒しても立ち上がるその姿をシルキィが恐れたのも、頷ける話だ。

今のライエンは徐々に力をつける主人公というより、倒すたびに一足飛びに強くなっていくラスボスのようなものなのだから。

「――してリンドバーグ卿、現状を分析するにどちらが勝つ？」

「ふむ……未だモノ優勢なのは変わりませぬが、両者の差は徐々に縮まってきている。わからなくなってきた、というのが正直な感想ですな」

面白くてたまらない、といった様子で戦いを見つめているバカな男達。

それより少し後ろ、シルキィより後方のスゥ達のところへ近付いていく影があった。

近くに父親の姿の見えぬ、メルシィである。

父であるウィンド公爵は、既に気分を悪くして国王を辺境伯に託し待合室で休憩を取っている。

顔を青くしていた貴族は、他にも大勢いた。

既に貴賓席からは何人かの姿がなくなっている。

メルシィはスゥへゆっくりと近付いていき、震えている彼女の手を取った。

人の温もりを感じたからか、スゥの体の震えは目に見えて小さくなってゆく。

「スゥ様、大丈夫ですわ。説明下手なおじさま方は言いませんでしたが、もっとよく見て下さい。きっとあなたが考えているようなことは起こりません」

「メルシィ様……」

半ば茫然自失としていたからか、スゥはメルシィに言われるがままに試合へと目を向ける。

メルシィはスゥよりも、はるかにこういった血なまぐさいものが苦手だったはずだ。

けれど彼女は今、この光景から目を逸らさず、自分へ何かを伝えようとしている。

それがなんなのか、スゥは知らなければいけないと思った。

スゥも最初はわからなかった。

だが見ているうちに、メルシィが何が言いたいのかが徐々に理解できてくる。

ライエンの体から白い光が噴き出すたび、そしてそれでも力及ばず倒れてしまうたび、アッシュはただ一歩引いて呼吸を整える。

どれだけ大きな隙があっても、決してトドメをさしたり試合を終わらせようとはしない。

ライエンが起き上がり、ある程度動けるようになってから剣を向ける。

それは命をかけた試合というよりかは、師匠が弟子を相手につけている稽古のようであった。

己が持つ技術を弟子へ受け継がせる師のように、彼は己の技をライエンへ叩き込んでいる。

「真剣な試合……じゃない？」

「真剣ですよ、二人とも。そうじゃなければ、あんな顔はできませんもの」

「たしかにライは真剣だけど、それと戦ってるモノ選手は……」

そして物理的に技を叩き込まれたライエンが、凄まじい速度で強くなっているのだ。

明らかに劣勢だったはずの彼の攻撃は、既にアッシュへと届き始めていた。

もし本気で勝ちに行くのなら、ライエンがこんな風に成長するよりも先に倒してしまえばよかったはずだ。

そうしていれば、苦戦することもなかったというのに。

不思議そうな顔をするスゥを見て、リンドバーグ辺境伯が笑う。

「腹鳴らしのようなものだ。相手に全力を出させた上で、その上を行く。モノはライエンが持つ固有スキルの全ての力を出させた上で、それに打ち勝とうとしている」

腹鳴らしとは、王国にある度胸試しの一つである。

ルールは簡単で、二人の男がお互いの腹を順番に殴り合い、先に倒れた方が負けというもの。

ただこの腹鳴らしにおいて、最初から全力を出すのはタブーとされている。

二人が何発か相手の腹を殴り、体を温めてから本気の一撃を食らわせるというのが暗黙のルールとなっているのだ。

辺境伯はモノがやっていることも、それと同じだと言ったのだ。

彼は相手のエンジンがかかるまで、自分の腹を何度も殴らせてやっているのだと。

ライエンを強くするために、わざわざそんなことをする。

スゥには理解の及ばない世界の話であった。

だが彼らがこう言っている以上、ライエンが死ぬことはないのだろう。

少しだけホッとしたことで、スゥは自分の手を握るメルシィの手も震えていることに気付く。

私と同じように恐がって……と最初は思ったが、そうではない。

彼女は試合を見て、手に汗握り興奮しているのだ。

ただ真相が見えず震えていたスゥとは、大きく違う。

「強いんですね、メルシィ様は」

「強くなんかありません。ただ弱いからこそ、目が離せぬのです。倒れても立ち上がり続けるライエン選手も、その上を行き続けるモノ選手も……まだ私たちと同じ十歳なのですから」

メルシィはそう言って、モノを見つめている。

今この瞬間を目に焼き付けようと、彼女の目はいつもよりも開かれていた。

スゥもそれに続き、ライエンの勝利を願いながら戦いの行く末を見守る。

二人に聞こえぬような声量で、すぐ後ろにいる国王達が口を開いた。

「若い世代に刺激を与えもする……か。俺がライエン達と同い年だったら、やる気をなくしちまいそうだけど」

「それだけの何かがある、ということなのでしょう……ですが」

リンドバーグ辺境伯は、その強面をいっそう渋面にしながら顎を撫でる。

「なんだよ？」

「恐らく百年に一人の逸材であるはずの、超がつくほど強力な能力を複数持つ固有スキルを持つライエン。彼とまともに戦えているモノとはいったい……何者なのでしょう？」

――その問いに答えられる者は、誰一人としていなかった。

老いも若きも、身分の高い者も低い者も、王侯すらも目を離せなくなったこの試合。

皆が拳を強く握り、固唾を飲みながら二人の戦いを見つめている。

勝負の行く末は、誰にもわからなくなっていた――。


「つざけんな、○スピサロかよお前はっ！」

アッシュが一度腕を引き、右半身を捻りながら前へ出す。

関節の動きを意識しながら放つ、蛇のような軌跡を描く斬撃。

それをライエンは剣の腹で受けようとするが、剣はスルリと抜け彼の体に傷をつけた。

ライエンは再度口から血を吐くが、自分の傷を気にすることもなくそのまま横にした剣で薙ぎを放つ。

既に目は白目を剥いていて、意識があるのかどうかも怪しい状態だ。

だが、未だに立ち続けている。

前傾姿勢で体を倒し、そのまま前進。

一度、二度、三度。

左右から連撃を繰り出しながら相手の表皮を裂く。

速度を意識した軽い攻撃では、十分なダメージを与えることはできない。

しかし今はそれでいいと、アッシュはただライエンを削ることだけを意識した。

今の彼の全身には、青い光が迸《ほとばし》っている。

対するライエンの体もまた、白色に光り輝いていた。

強者達が全力で戦うときにのみ現れる、漏れ出した微量の魔力の可視化現象。

『絶界魔力《ゼロマナ》』とも呼ばれる光は、太陽の光よりも強く周囲を照らしていた。

『勇者の心得』第四の力『不屈の勇気』は、ライエンが戦う限り体力を回復し続けるスキルだ。

彼の体力は、回復魔法を使わずとも無限に回復し続ける。

そのためこの力が使えるようになってからは、更に耐久性の高さに磨きがかかるのだ。

だが、ライエンは決して無敵ではない。

繰り返し行われる回復に体がついてこれなくなる状態異常の過回復《オーバーヒール》にかかってしまえばそれで終わりだし、そもそも一撃で殺されるだけの大量のダメージを食らえば、永続回復はなんの意味もなさない。

『不屈の勇気』の回復量を超えたダメージを受け続ければいずれはやられてしまうし、m9ではそこまで強いという評価を受けてはいなかったはずだ。

トドメをさすこと自体はできる。

だが、それはしない。

ライエンの解放された『勇者の心得』のスキルはまだ四つ。

あと三つを出させ、その上でライエンを倒さなければ、完全に勝利したとは言えない。

ありがたいことに、アッシュとの力量の差を身体強化という形で第一のスキル『不撓の勇気』が埋めているためか、どれだけ体を刻んでも限界が訪れる様子はなかった。

そのため今アッシュは、ライエンの重傷状態を維持しながら、『不屈の勇気』で回復した分のダメージを削るという、敵方のライフコントロールをしなければならなくなっていた。

ただでさえ『不撓の勇気』でステータス値が上がり続けているため、既にライエンの剣はアッシュに届き始めている。

だというのに、その上で繊細なライフコントロールまでしなくてはならないのだ。

アッシュは全力を出してこそいないが、本気で戦っていた。

(ゲームの敵はなんで腕が飛んだり、足が生えたりするたび全回復するんだよって当時は思ってたが……五体満足でおんなじことやられる方が、もっと心にくるな)

どれだけ傷をつけても回復され続ける。

どれだけ倒してもずっと立ち上がってくる。

倒せば倒すだけ、強くなって立ち向かってくる。

アッシュは今、ゲームのラスボスと戦っているような感覚を覚えていた。

倒しても倒しても終わらない戦闘は、悪夢のようだ。

勇者スキルの解放はあと三つ、つまりボスで例えるならあと三段階くらい。

だとしたら今は、ラスボスの両手両足が弾けたあたりだろうか。

アッシュの突きがライエンの喉を裂く。

自分の回復量を信じてか、玉砕覚悟でライエンがカウンターを放ちに来た。

舌打ちをしながら、下半身を大きく動かして回避する。

だがその動きも予想していたのか、ライエンは剣を避けて無防備になったアッシュの腹に蹴りを入れた。

ドッと今まで感じたことのないレベルの衝撃が腹部を襲う。

口から唾液が零れ、喉奥をグッと閉めなければ今にも吐瀉物が口から出てしまいそうなほどの衝撃だ。

『不撓の勇気』自体がステータス差を補うスキルのためか、差は開くことなく、ステータスの上昇は止まっている。

だがライエンは既に、アッシュの速度を超えていた。

手数を重視し、視覚外からの攻撃を多用するアッシュにとって、速度の上がったライエンはやりづらいことこの上ない。

「僕は……勝つっ！」

ライエンが剣を正眼に構える。

そして彼が固有スキルを使うときに発される白いオーラの勢いが、更に強まった。

バチンッ、と腱が切れるような音が鳴る。

既に聞き慣れ始めていた、ライエンの枷の外れる音だ。

これで五つ目、えっとたしか五個目のスキルは……。

「『借り物の勇気《アサーズブレイブ》』」

ライエンの周囲に、白く光る弾が幾つも浮かび上がる。

咄嗟の反応でアッシュも魔法を発動させ、発射。

「魔法の連弾、十連」

「魔法の連弾、十連」

二人が発動するのは、全く同じ魔法。

先に魔法発動の準備を始めたのは、ライエンだ。

だが魔法の練度自体はアッシュの方がはるかに高いため、発射したのはアッシュの方がわずかに早い。

両者の放った弾丸の距離が近付いていく。

第五のスキル『借り物の勇気』は相手が戦闘中に使った魔法をそのまま使用できる能力だ。

しかもクールタイムが必要とはいえ、ＭＰ消費無しでである。

『不撓の勇気』と併用し知力を上げれば、威力は相手が放ったものとほぼ同じになる。

そして更に――。

「『勇気の魔法《ブレイブオーバー》』！」

『勇気の魔法』を使用すれば相手の威力を上回る魔法が使えるようになる。

相手が使った魔法を完コピして、更に威力マシマシで打てるようになるのだ。

相殺して消えると思っていた魔法の連弾は、アッシュが放ったそれを食い破りながら向かってくる。

自身のものを超える威力で放たれた魔法の連弾を目の前で見せつけられ、苛立ちながら回避する。

いくら威力が高かろうと、それを使うライエンには未だ技量が伴っていない。

彼にできるのは本来の使い方である同時発射による面の攻撃のみで、軌道もシンプルで読みやすい。

魔法の連弾に精通したアッシュにとって、躱すことは難しくなかった。

この第五のスキルがあるせいで、アッシュは現状で使える最強魔法である極大魔法四種を使うことができずにいる。

アッシュの奥の手であるこれをスキルでコピーされれば、勝ちの目はなくなってしまう。

もし使うとしたら、それはライエンにトドメをさすときでなければならない。

そうでなくては極大魔法でやられるのは、ライエンではなく自分になってしまう。

「……あと二つか、持つかな俺の体」

既にアッシュは自身にリジェネを使いながら、魔力を節約して戦っている。

あとは六つ目のスキル『卑怯な勇気《コワードブレイブ》』を解放させ、七つ目の唯一の攻撃スキル『最後の勇気《ラストブレイブ》』に打ち勝てばそれで完全な勝利だ。

六つ目のスキルは状態異常をこちらにかけるスキルだが、今のアッシュにはリカバーとオーダーがある。

つまりは、アッシュの第六のロックさえ解いてしまえば、同時に第七のスキルまで発動させることは難しくない。そしてそこまで行けば、とうとう全ての力を出し切ったライエンと戦える。

そのために今アッシュは、かねてから練習してきた隠し球を使わずに戦っている。

意識を失い、再度取り戻す目の前の人外を見ながら、アッシュはふと冷静になった。

(俺はなんで今、こんな熱くなって戦ってるんだろうか？)

今のアッシュは、少しばかり目立ちすぎている。

こんなことをしては主人公ライエンを中心に回るはずの世界の歯車が狂ってしまうかもしれない。

もしライエンを倒してしまえば、魔王を倒すよう期待されるのは彼ではなく自分になってしまうやも……。

「……いや、関係ないなそんなの。今更出し惜しみはなしだ、全力全開で行かせてもらう」

疲れからか後ろ向きになり始めていた自分を叱咤する。

今必要なのは、今後のことを考えられるだけの冷静さではない。

本当に要るのは、目の前にいるライエンを倒せるだけの情熱だ。

それにこの段階で勇者スキル全てを解放してしまうというのは、案外悪くないことでもある。

きっとそうなればライエンは、ｍ９のときよりもずっと早く強くなれるはずだ。

彼が強くなることは、どんな世界線を迎えたとしても嬉しいのは間違いないのだから。

再度『借り物の勇気』による魔法の撃ち合いになり、両者は余波を受けぬよう一度距離を取った。ライエンが接近戦を仕掛けてくるかと身構えるアッシュだったが……何故か攻撃は飛んでこない。

見れば視界の先には、呆然とした表情をしているライエンの姿があった。

「僕は……僕は一体、なんなんだ……」

「……まぁ、そりゃそうなるよなぁ」

息つく暇があったおかげか、ライエンもまたアッシュほどではなくとも、冷静に自分を見つめ直すことができた。

その動揺はかなりのもので、呼吸は乱れ、全身は震えている。

わけがわからぬうちに強くなっていく自分が、理解不能という顔をしていた。

本来は神殿で巫女に「勇者来れり」という神託が下り、そこから紆余曲折を経てライエンは自分が勇者だということを知り、旅をする中で強くなっていくという流れがある。

だが今ライエンは、自分がなんなのかもわからぬまま、対アッシュという負けイベントを覆すために次々と新しい力に目覚めている。

(いきなり自分が強くなりすぎたら、そりゃ怖いだろうな。戦ってるこっちの方が怖いんだが、向こうは精神年齢まんま十歳だろうし)

今こうしてライエンが不安がっているのは、間違いなくアッシュと戦っているせいだ。

ライエンはアッシュが全力で戦っているせいで、本来ならまだ迎えるはずのない覚醒を繰り返しているのだから。

であれば、アッシュが教えてやる必要があるだろう。

彼が一体、何者なのか。

その答えを知っているのは、今はまだ自分だけなのだから。

「お前は……主人公だ」

「……主人公？」

「そうだよ、お前こそがこの世界を動かす主役なんだ。ほら、周りを見てみろよ」

ライエンは言われるがまま、観客達の姿を見た。

そこには若い男から年配の女まで色んな者達がいる。

貴賓席には、明らかに豪奢な身なりをした人間もいる。

本来なら戦いと縁遠いはずの貴族すら、今はライエンとアッシュだけを見つめている。

そのことに妙な高揚感を感じている自分がいることに、ライエンは驚きを隠せなかった。

「皆が皆、俺とお前だけを見てる。今はまだ闘技場の中だけだ、でもこれからは違う。お前に注目する奴らはどんどん増えていく。そしていつか世界中の人間が、お前の存在を知るのさ」

「僕を……」

いきなりわけのわからない力に振り回されてまず最初に感じたのは、恐怖だった。

自分が化け物になってしまったような、体の内側から全く別のものに造り上げられていくかのような身の竦む恐怖だった。

だが今アッシュの言葉を聞いて、ライエンの胸中を全く別の感情が満たしていく。

それは己が直人《ただびと》でないとわかった人間特有の、自分が選ばれたという興奮だった。

ただの村人でしかない自分が、世界を動かす主役になれる。

そんな物語でしか見たことのない主人公に、自分はなれるのだ。

しかもそう太鼓判を押してくれたのは、他の誰でもないアッシュなのである。

自分がどれだけ強くなっても敵わない存在の言葉は、彼に理由も根拠もない謎の安心感を与えてくれた。

「でも……だったらお前はなんなんだ。僕より強い君を、どうやって説明する？」

「あぁ？　そんなの決まってんだろ」

さも当然のような口ぶりだった。

自分は全くわからないというのに、彼は既に自身を理解しているというのか。

きょとんとした顔をしたアッシュは、こう続ける。

「主役《おまえ》を導くためのお助けキャラだよ。……こうして戦ってみて、自分の分を改めて弁えさせられた。結局のところ俺は、それ以上でも以下でもない」

「……ふふ、バカを言うな。一体どんなお助けキャラが、助ける人物をここまでボコボコにするんだ」

お助けキャラというのは、倒せない敵を一緒に倒してくれたり、色んな面でサポートをしてくれるキャラクターのことだ。

主人公をめった刺しにして何度も気絶させるような過激なお助けキャラは、古今東西のどんな本の中にだって存在しないだろう。

ふとライエンは、既に己の力への恐怖がなくなっていることに気付いた。

己の力で圧倒的に敵を捻じ伏せれば、また違ったのかもしれない。

しかし今彼の目の前には、力を解放しても敵わない相手がいる。

自分より強い人間がいるという事実は、自分が一足飛びに強くなっていく得体の知れなさを容易く塗りつぶしてくれた。

今の僕は強い。

でもまだ……これじゃあ、彼には届かない。

僕が主人公だというのなら、もう一度でいい。

もう一度、僕を高みへ。

今この瞬間、目の前の好敵手《ライバル》を超えられるだけの力をっ！

神への祈りが通じたからか、それとも本当に自分が世界を動かす存在だからか。

ライエンの体が、先ほどとは見違えるほどに力を増していく。

戦い始めてから常に出ている白色の魔力のオーラが、更に輝きを増す。

今のライエンの全身からは、ゴブリン程度の魔物なら触れただけで弾け飛ぶような強烈な聖の魔力が溢れていた。

聖魔法、それは本来ある四元素魔法とは外れたところにある系統外魔法の一つだ。

古来より神に選ばれた者だけが使えるという言い伝えがあり、これを使いこなす人間は必ず歴史に名を残すとも言われている。

バキンバキンッと脳内に己を縛る鎖の錠前が立て続けに壊れる音が聞こえてくる。

そして己の中に、新たに手に入れた力の使い方が流れ込んできた。

(これなら――――勝てる)

ライエンはそう確信し、にやりと笑う。

だがどういうわけか、対面しているアッシュもまた彼と同じように……いや、ライエンよりも深い笑みを浮かべていた。

「次が最後だ。俺の全力で、勝負を終わらせてやる」

「――わかった。なら僕も全身全霊の一撃で、君を倒させてもらう」

ライエンは後ろに下がり、それに合わせてアッシュも後方へ動いた。

二人はステージの端と端に位置取って、最強の一撃を放つために集中を始める。

ライエンは目を瞑る。

そして息を整え、ゆっくりと持っている剣を上段に構えた。

彼の指先から流れ出す白色のオーラが、剣を包み込んでいく。

バチバチと白色の雷が剣を覆い始め、その勢いはどんどんと強くなっていった。

固有スキル『勇者の心得』、第七のスキル『最後の勇気』。

己の全てを剣に込めて叩きつける、単純にして最強のスキルだ。

ライエンはこの技が己が使うどんな魔法よりも威力が高いことを、直感で理解した。

後のことなど考えず、この一撃のために全てを懸ける。

ＭＰを全て使い、更に己のＨＰまで削ることで、更に『最後の勇気』の威力を上げていく。

このスキルは自身のＨＰすらもＭＰとして換算することができる。

己を鍛え上げ、一流の戦士になれば、正しく一撃必殺の攻撃が放てるようになるだろう。

そう考えながら、『不屈の勇気』で超回復していくＨＰとＭＰの全てを剣へ注ぐ。

剣がとうとう魔力に耐えきれず、真ん中から砕け散った。

しかし剣があった場所へ、魔力は留まり続けている。

刀身が消えようとも、『最後の勇気』は使用することが可能であった。

溜めを作れば作るだけ、無限に威力の上がっていくライエンの必殺技。

彼はそれに対抗するアッシュの技がいったい何なのか、半ば楽しみとすら思いながら準備を見届ける。

しばらく目を瞑っていたアッシュは、魔法発動の準備を整え、カッと目を見開いた。

「氷結地獄《コキュートス》！」

彼が左手を上げると、そこから青色の光の球が現れる。

そして次の瞬間、アッシュの左側にある世界は、銀色の雪景色へとその様相を変えた。

気付けば頭上には雲が浮かんでおり、とんでもない量の雪が降り始める。

天候を変えるほどのその魔法は、未だ発動していないにもかかわらず、既に足下を凍らせ、氷の柱を作り始めていた。

幾重にも張られていたはずの魔力結界や魔法を超え、観客達の息が白くなっている。

このまま続ければ、彼らは氷像となり死んでしまうとわかるほどに急激な気温の変化だった。

騎士や魔法使い達が総出で会場の気温を保ったため、観客から凍死者が出ることはなかった。

「焦土炎熱《マーズディザスター》！」

アッシュが上げた右手、その上に浮かんでいるのは赤色の光の球だ。

今度彼の右側に広がったのは、先ほどまでとは真逆の光景であった。

ステージの表面がひび割れ、熱された仕切りの鉄が赤く変色を始める。

覆いになっている鉄が溶け始めるほどの高温が、試合会場を地獄さながらの様相に変えていた。

察知して貴賓席から飛び降りた辺境伯が、観客に対して防御魔法を展開させる。

それだけのことをしなければ会場の人間達が干からびて死ぬと、彼は咄嗟に悟ったのだ。

この会場の人間達にすら牙を剥く攻撃魔法二つ。

どちらか一つが発動しただけで周囲の人間達まで巻き込むその魔法。

そんなものを使うつもりかと焦るライエンの前で、更に一つの動きが起こる。

アッシュが持ち上げていた両手を、グッと一息に近付けたのだ。

手の上にあった光の弾は互いに反発しあい、押し戻そうと動いていた。

それをアッシュは強引に近付け、更に思い切り押し込んで重ね合わせる。

「合成！」

先ほどまで起こっていた天変地異にも似た現象が、まるで嘘だったかのように消え失せる。

赤と青に光っていた発動寸前の魔法は既になく、アッシュの右手には新たに紫色に光る何かが生まれていた。

既に熱さも寒さも消えており、余波をもろに食らったステージだけが先ほどあった出来事が事実であったことを示している。

ただ、ライエンにはわかった。

先ほどまでの強力な魔法が消えたのではない。

周囲をまるごと飲み込んでしまうような魔法二つは一つに収束され、がっちりと噛み合ったことで、内へ内へとその破壊力を向けているだけなのだ。

アッシュが対ヴェッヒャー用に生み出した合成魔法――これを作り上げるまでに、彼は実に二年もの時間を費やしている。

原作では不可能だった魔法の同時発動は、魔法の連弾のおかげで可能であることが判明している。

そのため彼は右手と左手で別種の魔法が使えるよう訓練をし、それを極大魔法でも可能になるように特訓した。

更にそれらを合成し一つの技として使えるようにするまでに、彼は何度も自身と始まりの洞窟を壊しながら、練習を重ねてきた。

火の地獄と氷の地獄。

この相反する二つのエネルギーをただぶつけ合っただけでは相殺され、消えてしまう。

魔力の配合や魔法の威力の微調整を行うことで、魔力が混ざり合い、魔法が溶け合う微妙なラインを割り当てることに成功したのだ。

氷結地獄と焦土炎熱は混じり合い、互いを高め合いながら一つの魔力体になった。

純粋なエネルギー体としてそこにあるだけのそれは、魔法という言葉で表すにはあまりにも単純すぎるただの魔力の塊だった。

しかし、本来なら周囲一帯に影響を及ぼすだけの威力のある極大魔法同士を合わせたその魔力塊の威力は、並大抵ではない。

ゴブリンもスライムも一瞬で消し飛ばしてしまうため、本当の威力はアッシュ自身にもわかってはいなかった。

だが彼には、たとえ頭上にＨＰが数値化して表示されていなくともわかっていた。

この合成魔法を使い全力で挑まねば、決してライエンには届かないということを。

ステージの端同士に位置している彼らを取り囲むように、砂塵が飛び回り始める。

実体を持つだけの濃密な魔力が、物理法則すらもねじ曲げて、砂を吹き上げているのだ。

ときおり交わされていた観客同士の会話も、実況者の解説も既にない。

世界は二人が生み出す音以外の全てを、奪い去ってしまっていた。

互いに見つめ合い、ピリピリとした空気がお互いの神経を削り合う。

ゴクリと喉を鳴らしたのは、果たしてアッシュとライエンのどちらか。

まず先に動いたのはアッシュだった。

己が魔力を留め置ける限界まで耐えた彼は、造り上げた合成魔法が暴発する寸前にそれを前へと放つ。

対するライエンもまた、それとほとんど同時に動き出した。

彼の体もまた、限界に近付いていたのである。

これから得られるはずの力を前借りしたからなのか、既に全身の感覚がなくなり始めている。

まだ若すぎるその体で『勇者の心得』を使いすぎた代償が、今になって襲ってきたのだ。

既に左手の握力がなくなっていたライエンは、残る右手の力だけで思い切り剣を振り下ろす。

結果として二人の技の発動は、全くの同時になった。

「極覇魔力弾！」

「最後の勇気《ラストブレイブ》！」

凄まじい速度で、お互いを目掛けた必殺の一撃が空を駆ける。

そしてステージの中央で激突し、相手方の攻撃を食らいながら、真っ向からぶつかり合う。

見る者に神々しささえ感じさせるライエンの一撃が、地面を抉り取りながら前に進もうとする。

対するアッシュの、毒々しい印象を与える紫色のエネルギー光は、それを飲む込むようにいくつにも分かれて動き始めた。

まるで一つの生き物が触手を伸ばすかのように、それら一本一本の光が蠢きながら『最後の勇気』の周囲へと回っていく。

周囲に衝撃波が飛び、観客達まで攻撃の余波に巻き込まれた。

バリバリと大気が雷に裂かれるような轟音が会場を満たし、子供達は耳を塞ぎながらも目だけは光らせて両者の激突を見守っていた。

被っていた帽子が飛んでいってしまった紳士淑女は、呆然としながらも己の応援する方の名を口に出して試合を楽しんだ。

そしてステージ脇に立っているリンドバーグ辺境伯は、顔をしかめながらも周囲への影響が最低限になるよう己の使える最上位魔法である『聖母聖域《トワイライトサンクチュアリ》』を発動させ、せめて死人だけは出すまいと冷や汗をかいていた。

咄嗟に近くにいたスゥ達を守るように動いた国王を、風のオーラが守っていた。

シルキィが固有スキルを使ってようやく発動できる最上位魔法『風精霊召喚《サモンウインドエレメンタル》』を使い、貴賓席全体を風精霊に護らせたのだ。

まさかこれほどまでとは思わず年甲斐もなく興奮している王は、自身が守られていることにすら気付かず技のぶつかり合いを眺めていた。

互いに譲らず、迸るエネルギー波がぶつかり合い、減衰しながらも前に進もうとする。

そして片方の魔力が、もう片方を貫き――。

怒号のような音が会場を揺らした。

眩しすぎる光に、誰もが目を開けていられなくなった。

しばらくしてから音が止み、恐る恐る目を開けようとする皆がバタンという音を聞く。

どちらかが倒れた音に違いないと、皆が目を痛めることすら気にも留めず瞼を開ける。

するとそこには――地面に倒れ込むライエンと、剣を支えにしてなんとか立っているアッシュの姿があった。

慌てて飛び出してきた辺境伯がライエンの脈と心臓を測り、そして頷いた。

そして司会役の女性が立ち直るよりも早く、先ほどの轟音でおシャカになりかけている観客達の鼓膜にも届くような大音量で叫んだ。

「この勝負！　モノの勝ちだ！」

観客達はその結末を見届け、獣の遠吠えのように声を張りあげた。

陽気な男は指笛を鳴らし、デートにやってきていたカップル達は互いを抱きしめ合い、未だ世界を知らぬ子供達はいつか自分もあんな風にとキラキラと目を輝かせる。

戦いの結果を見届けたアッシュは、そのまま意識を失い地面に倒れ込む。

救護班が慌てて駆け寄り、問題ないというジェスチャーをする。

両者が無事であることを確認し、ホッとした観客の誰もが、先ほどまで無名だったはずの二人の少年の健闘を称えた。

結果、大盛況のうちに武闘会年少の部は幕を下ろす。

その優勝者は――アッシュだった。

彼は、自分は主人公にはなれないお助けキャラだと言っていた。

だがこの日をもし、一つの物語とするのなら。
その主人公となるのはきっと、彼に違いない――。

第五章　勝利の女神

「あいたたた……」

アッシュは頭を抱えながら、必死に頭痛に耐えていた。

魔力というのは、肉体の中に満遍なく散らばる血液のようなものである。

そのため魔力枯渇は命に関わることも少なくない。

久しぶりにMPが0になるまで魔法を使ったアッシュは、高難度の魔法の連続使用と魔力枯渇によるダブルパンチを食らい、猛烈な頭痛を感じて目を覚ましている。

幸いなことに魔力は全回復していたので、即座にラストヒールを使うと痛みはすぐに引いていった。

どんな傷や痛みにも効くラストヒールを覚えておいてよかった、と安堵しながら上体を起こす。

彼が眠っていたのは、真っ白なベッドだった。

周囲は少し薄暗く、自分がいるのはどうやらカーテンで仕切られた小部屋の一つらしい。

闘技場で怪我をした人を搬送する医療室か何かだろう。

さっさとお暇しようと立ち上がりカーテンを開ける。

「……やぁ」

「……よぉ」

出口側かと思い開いたカーテンはどうやら隣の患者の部屋と隣接したものだったらしい。

開いた瞬間に見たのは、自分同様に疲労困憊状態のライエンだった。

とりあえず律儀に挨拶を返すと、ライエンは明らかに驚いた様子。

どうやら挨拶を返されると思っていなかったらしい。

自分のことをどう思ってるのか、小一時間問い詰めてやりたいところだった。

アッシュは自分を訝しげな顔をして見るライエンに、

「大丈夫か？　怪我ひどいなら魔法で治すけど」

「うん……痛いっていうより感覚がないんだけど、これって大丈夫だと思う？」

「それは痛みよりヤバいんじゃねぇかな」

どうやらライエンの固有スキル『勇者の心得』はただただノーリスクで最強の力を渡してくれるわけでもないらしい。

まだ体ができていないからか、それとも無理矢理いくつもスキルを使ったからか、かなりひどい反動があるようだった。

別に減るもんでもなし、とラストヒールをかけてやるとライエンは気持ち楽になったようだった。

アッシュはそれじゃなと言ってそのままこの場を去ろうとする。

彼自身、こうやって戦ったことで満足していた。

完全に自己満足でしかないが、今のライエンに勝てたという事実だけで、十分だったのだ。

たとえこの世界をなんとかする英雄にはなれなくとも、自分は英雄に一度とはいえ勝つことができた。

その事実は、アッシュという人間にあったコンプレックスを弾き飛ばすだけのパワーを持っていた。

去ろうとするアッシュを止めようと、ライエンは一瞬手を伸ばそうとした。

ただその手はすぐに引っ込められ、結局ライエンは口を開かなかった。

次会うのは学院入ってからかな、などと考えながら歩いていたアッシュは、目の前に人がいることに気付かずにぶつかってしまった。

ドスンと顔からいってしまい、鼻につんとした痛みが走る。

「あ、すいません」

「まぁ待て待て、そんなに急がなくてもいいじゃないかモノ君」

「え………ええっ!?　なんで国王陛下がここにいるんですか!?」

適当に流してさっさと出ていこうとしたのだが、自分がぶつかった相手があまりにも予想外すぎて足を止めずにはいられなかった。

今彼が体当たりをしたのは誰あろう、現国王であるフィガロ二世だったのだ。

(え、これってもしかして王への暴行罪とかでしょっぴかれる?　まさかの不敬罪でゲームオーバー?)

ビビりながら冷や汗を流すアッシュの内心は、幸い王には悟られなかったようだった。

「いやぁ、今ちょうど武闘会が終わったからね。今大会の功労者達の様子を見に来たのさ」

「功労者……ですか？」

「そうだよ。君たちがあんな戦いをするもんだからね、もう午後からの本番がずーっと白けっぱなしだった。観客達も皆君たちの話ばっかりしてたから、優勝した騎士君とかめちゃ涙目だったし」

自分でも暴走していたという自覚はあった。

恐らく未だ辺境伯ですら使えぬ極大魔法を、たまたま成功したアレンジを加え放ったのはさすがにやりすぎな気もしていた。

だがどうやら事態は既に、自分の想像をはるかに超えたことになってしまっているらしい。

王が年少の部の試合を見に来るかもという話は聞いていた。

しかし王が直接会いに来るレベルで関心を引いてしまっているとは。

(マズい、ものすごくマズい。もし俺とライエンの未来がこれで大きくブレたら、ゲーム知識だけで対応できるか怪しくなってくるぞ……)

未来がわかってるアドバンテージがなくなるのは、アッシュにとって致命傷になりかねない。

ここはなんとしてでも、乗り切らねばいけない場面だった。

さすがに気になったのか、ライエンも起き上がってこちらにやってきた。

「国王陛下……なんですか？」

「そうよ、そろそろ息子に王位渡そうかなぁとも思ってるけどね。まだ頼りないからあと五年くらいは国王やってるかな」

生まれて初めて見る国王の姿を見て、感激しているようだった。

王という人間は国の父であり、支柱そのもの。

容易に会うことなど不可能であり、恐らく彼の顔を見たことのある一般人などほとんどいないだろう。

自分はゲームで何度も会ってるからそうでもないが、そうかこれが普通の反応か……だとしたらこれもミスだな。

内省しているとライエンと王の話はだいぶ弾んでいたようで、興奮したライエンが顔を真っ赤にしている。

たどたどしい感じと頬がピンク色な感じが、非常にあざとい。

見た目がイケメンなこともあって、アッシュは思わず唾を吐きたい気持ちになっていた。

戦って相手のことを認めたアッシュではあったが、やはりライエンのことはそれほど好きにはなれなかったようだ。

「でさ、ぶっちゃけ君たち二人が今日のMVPなワケね。だから嘆願聞いちゃおっかなって思ってきたのよ。あんま時間ないから、今この場で教えてくれると助かるよ」

「僕もいいんですか？」

「もちろん、二人って言ってるでしょ？」

そういえばそんな話もあったなぁと思い出す。

というかそもそも自分がこの大会に出た理由の一つ目は、この嘆願にあったはずだ。

色々とミスもしたが、とりあえず目的の一つは叶えられそうだ。

アッシュはお前から行けよ、と首を前に出してライエンを促す。

「僕は――」

ライエンがしたのは、魔法学院への入学希望だった。

彼は平民であるため、今の魔法学院へ入るのは難しい。

ライエンが就学する頃には平民用の特待枠が生まれ、彼はそこに入れるはずなのだが、それは今はまだ未確定な情報のはずなのでアッシュは黙っていた。

「そんなんでいいの？　君なら多分庶民だろうと入れると思うけど。そろそろ特待生制度始めようかって話になってるし」

「大丈夫です。僕は魔法学院に入って、もっと強くなりたいんです。そして……」

グッと拳を握って、アッシュの方を見てくる。

アッシュがふざけて舌を出すと、それには取り合わず握った拳を向けてきた。

「次こそモノに勝つ」

「おーおー、頑張れ」

「若いねぇ。おじさん年を感じちゃうなぁ……」

そういやまだ本名名乗ってなかったわと思い出すが、教えても面倒なので言わないことにした。

多分王は貴賓席のシルキィ経由で話は聞いてると思うが、指摘せずに放置してくれている。

王は自分が知っているよりずいぶんフランクで接しやすかった。

もしかしたらこちらが、彼の素なのかもしれない。

「じゃあモノの方はどう？　さすがに土地持ちの士族とかは無理だけど、大抵の願いなら聞いてあげられるよ」

「あ、それなら一つお願いが……」

ライエンには聞こえないよう近付いてこそこそと囁くと、国王はそれを聞いてにやりと笑った。

こちらを睨んでいるライエンは無視だ、すごく何を言ったのか気になるような顔をしているがアッシュは無視を貫いた。

「若いねぇ……いやホント、おじさんあてられちゃうよ。いいよ、今からでいいかな？」

「は……はい、すぐにでも!!」

アッシュはまだ安静と言われ看護師に寝かされたライエンを放置して、国王様と一緒にとある場所へ向かう。

アッシュの嘆願のその内容は、王にとってはそれほど難しいことではなかった。

なんせ頼む当人が、未だ貴賓席にいるのだから。

私情も挟みつつ願いも叶えるために彼が頼んだこととは……自分の推しに、会いに行くことであった。

「ど……どうも」

「こんにちは、モノさん」

国王の手引きによって、アッシュは今憧れの存在の目の前にいた。

キラキラと光るブロンドの髪、アメジストより美しい紫紺の瞳。

それに勝ち気そうで、世界の全てを自分が支配してやるとでも言いたそうな、恐ろしく整った顔。

今、アッシュの前には彼の前世からの推し——メルシィ＝ウィンドが立っていた。

感無量とはこのことか、生きてて良かった。

（桃源郷は……ここにあったんだ）

頭の中をお花畑にしながら、自分が知っているよりも少し若いメルシィの姿をその目に焼き付ける。

「お会いできて嬉しいです、メルシィさん。俺あなたにこうして会えて……ふぐっ、ほ、ぼんどにうれじい……」

「ちょ、いきなり泣き出さないで下さいまし！　私が何かしたと思われるでしょう!?」

号泣、漢泣きである。

自分が大好きだったヒロイン（何故かバグで攻略できない）に、こうして実際に会うことができるなんて……と彼は生きている喜びを噛み締めていた。

アッシュは今、感動を上手く言葉にできないくらいに昂ぶっている。

メルシィに引かれたくないという気持ちがなければ、今この場でフォォオオオオオオと叫び出しそうなほどのテンションブースト状態だ。

「あんなに勇ましく戦われていたのに……思ってたよりも、普通の男の子なんですのね」

「ぐす……そうですよ、俺はどこにでもいる凡人ですよ。家もド庶民ですし」

「す、少なくとも凡人はあんな魔法を打てたりしないと思いますけど……」

「……凄く頑張った凡人なんです」

泣き止んで話をすると、やはりメルシィはお嬢様言葉を使っていた。

「ですわって本当に言った！」とアッシュはもうただのミーハーなファンになっている。

彼女が普通の話し方をするのは、家にあるぬいぐるみに話しかけるときと、一人語りをするときだけだ。

もっと仲良くなれたら、砕けた話し方で自分に話しかけたりしてくれるのだろうか。

アッシュの頭の中は、既にメルシィのことでいっぱいになっていた。

(どうしよう、もう俺……死んでもいいかも。――ってそうだ、つい嬉しすぎて飛んでたけど、目的を果たさなくちゃ)

アッシュは気を取り直して、キリッと真面目な顔を作る。

彼は目の前にいるメルシィへ、婉曲に彼女の父の背反を示唆しなくてはいけないのだ。

「メルシィさん、一つアドバイスを」

「アドバイス……？　はい、なんでしょう」

「もしものとき、それを止められるのはあなただけです。だからしっかりと目を光らせて下さい。そうすればきっと、最悪の事態は避けられるはずだから」

「は、はぁ……？」

伝わってきたのは困惑だった。

当たり前だ、初対面の人間にいきなりこんなことを言われれば面食らうに決まっている。

だが一応、これで目的は達成した。

もし彼女の父がよからぬことを企んでいると判明したら、きっとメルシィは父に諫言をしてくれるはずだ。

だが娘の言葉だからこそ、軽んじる可能性もある。

国王にもそれとなく、伝えておいた方がいいだろうか。

事前に釘を刺せれば、小心者のウィンド公爵のことだ、そうそう大がかりなことなどできないとは思うが……。

「モノさんってなんだか……変、ですわね」

「あ、あはは……自覚はあるよ」

「あんなにお強いのに、変わってる」

「そうかな？　……そうかも」

強いから変わっているのかもなどと呟くメルシィに対して、アッシュは上手く言葉を返すことができない。

彼の今の心境は、握手会で目の前に推しのアイドルがいて緊張するファンによく似ていた。

光を吸い込んで反射するメルシィの綺麗な瞳に、吸い込まれそうだった。

まだ子供だからか、動く度に話す度にくるくると変わる表情がかわいくてたまらない。

結局アッシュはこの世界にやってきても、メルシィの魅力に引き付けられていたのだ。

「あ、あと……俺の本名はアッシュです」

「あら、偽名でしたのね」

「あなたにだけは、それを知っていてほしくて」

「……今日が初対面、ですよね？」

「ええ、もちろん」

今世では、初めて。

でも前世では、何回も何十回も。

きっとアッシュが抱いているのは、恋心とはまた違う。

好きではあるのだが、どちらかといえば彼女は庇護欲を感じさせる対象だった。

だがこうして対面してみてわかった。

自分はメルシィのことが、今世でも変わらず好きなのだと。

今の自分はまだ、ただの平民の子供だ。

少しばかり腕には自信があるが、今のままではリンドバーグ辺境伯やナターシャ、シルキィ達のような強キャラ達に勝つことは難しい。

だが、それではダメだ。

王女イライザやライエンのような、将来国の中枢を担う者達と張り合い続け、いずれは上の世代の者達よりも強くならなくては、結局生き残っても何も為せないまま。

思えばこの世界にやってきてから、アッシュは死亡フラグを回避するということ以外に目を向けてこなかった。

ずっと自分の体や魔法を鍛えてばかりいた。

アッシュは今、明確に思った。

メルシィと同じ学校へ通いたい。

彼女ともっとたくさん、話がしたい。

公爵家を継ぐ彼女を、陰ながら支えてあげたい。

この世界はｍ９に似た世界ではあるが、あくまでもよく似た異世界でしかない。

ゲーム期間である、ライエンが魔法学院に在学していた三年間を過ぎても、当たり前だが世界は幕を下ろさない。

魔王を倒しても、人の営みは終わらないのだ。

アッシュは起こる未来を知っている。

そんな彼には、できることがいくつもある。

己の知識を使って、皆を守るのだ。

そしてたとえ道中が歪もうと、終わりを原作通りにすることで魔王討伐を完遂させ、世界を平和にする。

その微修正ができるのは、この世界ではアッシュだけなのだから。

自分がやるべきことが、おぼろげに見えてきたアッシュ。

カッコいいことを考えていた彼であったが、結局メルシィと目を合わせて会話をすることはできずに、ファーストコンタクトは終わってしまったのだった……。

一年に一度開催される、フェルナンド王国が国を挙げて行う催事である武闘会。

いつも何かしらのイレギュラーは起こるが、今回は今までにない例外だった。

一体誰が、年齢制限のない成年の部よりも、年少の部の方が盛り上がりを見せるなどと想像しただろう。

モノとライエンの戦いは、各地に波紋を呼んでいた。

そしてその余波は、武闘会が終わった後もたしかに息づいていた。

人の営みは続いていくのだから。

「その……おつかれ、さま」

「うん、ありがとう。そして……久しぶりだね、スゥ」

「ライッ！」

一人の少女が、少年へと抱きつく。

彼女は伯爵令嬢であるスゥ。

その魔法適性の高さによって、伯爵家から養子に取られることになるという、数奇な運命を辿っている女の子だ。

そっと抱きしめ返す少年ライエン。

彼はどこにでもいる普通の少年……だった。

──武闘会が始まる、その瞬間までは。

けれど彼は一日にも満たぬ時間で、その頭角を世界へ示しつつあった。

「なんだかちょっと……落ち着いた？」

「うん……スゥもずいぶんと女の子らしくなったね」

スゥにとってライエンは、態度は殊勝だが勝ち気で負けず嫌いな少年だった。

そして彼女の知っているライエンは、いつもどこかに焦燥感のようなものを抱えていた。

けれど、どういうわけだろうか。

久方ぶりに会うことになったライエンは、以前とはまるで別人のようになっていた。

何年も一緒にいたスゥには、その理由はすぐにわかった。

──その理由が、つい先ほど敗北という結果に終わったばかりの、武闘会年少の部の決勝戦にあるということを。

「負けて、すっきりしたの？」

「ううん、そうなのかな……？　男の子的には、負けるのは大変よろしくないと思うんだけど、たしかに不思議と、心は晴れてるかも？」

「どうして疑問形なの？」

「僕自身、まだ気持ちの整理がついてるわけじゃないからね」

「そっか」

「うん」

既に二人は立場が違う。

一方はただの村人、もう一方は伯爵令嬢。

以前のように気軽に会える関係性ではなくなってしまった。

道行く最中に会えば、顔を下げて通り過ぎるのを待たなければいけないほどの身分差がある。

会うの自体、数年ぶりだ。

お互いとも相手のことを、魅力的な男の子・女の子になったと意識するほどに成長している。

変わったものも多い。

けれど不思議と、変わらないものもあった。

二人の距離感など、正しくそうだ。

いつだってライエンは前を向いていて。スゥはその少し後ろから、支えるようについていく。

立場が変わっても、本当に大切なものというのは変わらないのかもしれない。

ライエンはそんな風に思った。

「僕が真剣勝負をして負けたのは……生まれて初めてだ」

「うん、知ってる」

「しかも最後の最後まで、ずっと向こうは余裕があった。彼は――モノは、こちらの全力を引き出そうとしているように、僕には思えるんだ」

ライエンは村の少年達の中では、いつだって一番だった。

学業でも、ちゃんばらごっこでも、こと勝負や競争において、誰かに遅れを取ったということはなかった。

だから彼はいつだって、疑っていなかった。

自分が傑物《けつぶつ》になれると。

歴史に名を残すような人間になれると。

けれど近頃のライエンは焦っていた。

幼なじみであるスゥが貴族の令嬢となったことが、やはり大きな原因の一つなのだろう。

彼はいつだって、出身の田舎村を出て都会へ行き、何者かになりたいと思っていた。そして自分ならきっと、何かになれると信じていた。

だから両親に無理を言って王都までやってきて、武闘会に出場したのだ。

その結果は――上々だった。

試合の結果だけを見れば、ライエンは準優勝。つまり最後の最後で、勝利を逃してしまった形だ。

けれどその準優勝は、きっと他のどんな大会での優勝よりも価値があることだと、ライエンはそう確信していた。

彼にとってモノとの激闘は、今まで自分の人生で起こってきたことの中で、最も刺激的で、そして示唆に富んだものだったからだ。

きっとこの先の人生で、これ以上に記憶に残るものはないだろう。そう思えてしまうほどに、あの戦いは鮮烈な印象を与えていた。

試合開始と同時に地面にたたき伏せられ、それから先もライエンの攻撃はそのことごとくを防がれ続けた。

最後の最後にようやく届いたかと思った全力の一撃でもまだ力及ばず、敗れてしまった。

初めて味わわされる、敗北の土の味。

けれど何故だか気持ちは晴れやかで。

感じたことのない何かが、自分の胸中を満たしているのがわかった。

「彼が……モノが言ってくれたんだ」

「いったい、なんて？」

「僕は――主人公なんだって」

「勝ったのは、彼の方なのに？」

「ああ」

「何それ、変なの」

「うん……僕もそう思う」

モノが言っていることの意味は、ライエンにはよくわからなかった。

それを理解できるところまで、今の自分は至れていないということなのだろうか。

だとしたら悔しい。それはまだ彼と同じ次元で話ができていないということだから。

ライエンはもっと、モノのことを知りたいと思った。

自分と同い年であれだけの力を手に入れた少年。

彼の思考や考え、そして戦い方……もっと色々なことを知って、吸収して、自分ももっともっと強くなりたいと思っていた。

そして、次こそは――。

「ふふっ、ライエンってば、男の子だね」

「え？　……あ、あはは……」

ライエンはグッと強く握りこぶしを作ってから空を見上げていることを、スゥに言われて初めて気付いた。

少しばつが悪そうにしてから、誤魔化し笑いをして、そして……。

(いつかはなれるかもしれない。……いや、かもじゃない、なるんだ。僕の、僕だけの物語の……主人公に)

ライエンは目の前にあった木を見つめ、そして次に握られたままの自分の右手を見る。

先ほどの戦いのせいで体の芯まで疲労が残っている。

そしてモノと戦っているときは七つ使えたはずの力が、今はどういうわけか一つしか使うことができなかった。

さっきと比べれば、その力は大きく制限されてしまっている。

けれど不安はない。

自分はもっともっと強くなれると、自分は主人公なのだと、自分に勝った彼が教えてくれたから。

「ファイア――アローッ!」

『勇者の心得』が一つ、魔法を勇者バージョンへと昇華させる『勇気』を使う。

ライエンの初級魔法を食らった木は一瞬のうちに焼け焦げ、ブスブスと黒い煙を漂わせた。

それを見て唖然としているスゥに、ライエンは優しく笑いかける。

「僕は――まだまだ強くなる」

戦っているときは青みがかっていたはずの空に、朱が差し始めていた。

ライエンは心配した伯爵家の使用人が様子を見にやってくるまで、スゥに見られながら魔法の修行を続けるのだった――。

一人の少女が、私室のベッドに腰掛けていた。

クルクルと巻かれたパーマに、高飛車そうな少しキツい瞳。

いかにも棘のありそうなお嬢様ルックをした彼女は何故か――ぬいぐるみを胸に抱えていた。

体の前面が傷だらけで後ろは全くの無傷という『絶対に背中を見せない男気熊ベアベア』のぬいぐるみをキュッと抱える少女――メルシィ＝ウィンドは、呆けたように天井を見上げていた。

ずっと見上げていたせいか、首が痛くなっていることに気付く。

彼女はほうっとため息を吐いてからベッドに入る。

もちろんベアベアと一緒にだ。

ベアベアのつぶらな瞳と、メルシィのぱっちりとした二重は揃って天井を見つめている。

かわいいものには目がないメルシィは、しかしお気に入りの熊さんを抱いているというのにどこかうつろな様子だった。

もちろん、あの武闘会で感じた興奮が未だ冷めやらぬという部分もある。

けれどやはり、彼女の脳裏に浮かんでいるのは――。

「モノ……ああ違う、アッシュさんが言っていたこと……あれはいったい、どういう意味なんでしょうか……？」

自分にだけ本名を教えてくれたモノ。

どうやら彼の名前は、アッシュというらしい。

モノとしての記憶があまりに鮮烈に残りすぎているため、つい気を抜くとモノと呼んでしまいそうになるので困りものだった。

「……ふふっ」

自分だけが彼から本当の名前を教えてもらえた。

それがたまらなく嬉しい。

モノが自分に名前を教えてくれた喜びからメルシィは顔を綻ばせる。

けれどすぐに、その表情は曇ってしまった。

彼が伝えてくれた言葉が、どうにも頭から離れなかったからだ。

「私だけが、止められる……？」

アッシュが何を言いたいのか、メルシィには全く見当がつかなかった。

言っていることがあまりにも抽象的すぎるのだ。

ただあそこまで強く、そしてライエンを導こうとしていたアッシュが意味のないことをしようとしているとは思えない。

メルシィの近くで何か良くないことが起ころうとしている……それを食い止めるために、事前に忠告をしてくれた。

そう考えるのが自然だ。

「であれば少し……調べてみる必要がありますね……」

いつものお嬢様言葉ではない、私室でだけ見せる等身大のメルシィ。

アッシュが見れば鼻血を噴き出して気絶するであろう素顔の自分のまま、メルシィはグッと拳を握り、ファイティングポーズを取るのだった。

まずどこから手をつけるか。

父であるヘレイズ＝ウィンド公爵へと調査の手を伸ばすことにしたのは、メルシィからすればある種当然の行動だった。

何かあれば一番マズいところからいくのは当然である。

メルシィはウィンド公爵の嫡子、基本的には屋敷の中にある全ての部屋に入ることができる。

そのため視察という名目で領内を遊び回っている父の目を盗んで調べものをすること自体は、それほど難しくはなかった。

まず最初に追うべきは、脱税や二重帳簿などの線であった。

メルシィは自分の父のことを、かなり放蕩《ほうとう》だと思っている。

そんな彼が何故未だに公爵領を大した問題もなく治めることができているのか。

今まで不思議に思っていたそれらに切り込んでみようと思い立ったのである。

ヘレイズは何人もの婚外子を生んでおり、庶子の数は既に十人を超えている。

彼らの養育費としてもかなりの出費をしているのは間違いないが、それ以外にも彼女の父は散財をすることでも有名な人物だった。

領内の視察という名目で遊び歩きポコポコと婚外子を作ってしまうことは、領民であれば誰もが苦笑がちに語る笑い話の一つだったりする。

メルシィは貴族として優秀な血を残そうという父の気持ちも理解はできるが、いくら公爵家であってもお金を使いすぎではないかと思う場面は多かった。

いったいその財源はどこにあるのかと疑問に思う場面が、メルシィ自身何度もあったのだ。

（公爵領の不透明なお金の流れを、一度クリアにしてみましょう。そこから見えてくるものも、あるかもしれません）

同年代に傑物が多いせいでつい埋もれがちになってしまうことが多いが、メルシィ自身はかなりハイスペックな女の子である。

母の利発さと父の派手な見た目を受け継いだ彼女は、学業の成績でも常に同年代のトップ層にいるし、それは魔法の実技においても同様だった。

大人顔負けの力を持つアッシュやライエン、同年代の中で常に成績トップを維持し続けている第一王女イライザなどを除けば、最もスペックが高いのは間違いなくメルシィである。

メルシィはまず最初に父の執務室を覗いてみることにした。

そしてそこにあった資料や決裁済みの書類などを、メルシィはスラスラと読んでは、重要そうな情報を頭の中に留めていく。

正妻であるメルシィの母も、最近では女遊びをやめない父に嫌気がさしたのか、公爵の妻としての体裁を取り繕うよりも、メルシィやその弟達にきちんとした領主教育をすることを重視しようという方向にシフトしつつある。

そのおかげでメルシィ達には、きちんとした家庭教師がつけられた。

そのためメルシィは未だ齢が十に満たずとも、既にある程度帳簿を読み取ることや、資料を見て自領内の物流や経済の流れをある程度読み取ることができるようになっていた。

故に不自然なものを見つけ出すのにも、それほど時間はかからなかった。

(これは……？　うちの領内で出ないはずのルビーを始めとする宝石類の売却益……？　商人から取る税ならわかるけれど、何故うちが直接宝石類の売買を……？)

公爵領にも鉄を産出する鉄鉱山ならば南部に存在している。

けれど少なくともダイヤモンドやルビー、サファイア等の原石を産出する地域はなかったはずだ。

であればどこかと取引をしているとしか考えられない。

それならばと鉄鉱山から掘り出す鉄鉱石の産出量と、それを製錬する製鉄業についてのお金の動きを調べていくうちに、更に妙なところにも気付いた。

その宝石類による売却益が増えるのと同時、鉄の生産量が落ちている。

(鉄と宝石類を――かなり有利なレートで交換しているの？)

それは通常であればありえないほどの交換比率だった。

どうやっても宝石商の側が損をするような取引にしか見えない。

しかもその取引額は、年々大きくなっている。

この意味するところは、学業などもこなしながら調査を進めるうちに十回目の誕生日を迎えたメルシィでは、まだわからない領域にあった。

けれどメルシィは、途端に恐ろしくなった。

持ち前の聡明さのせいで、自分の理解の及ばぬところで、得体の知れぬ何かが進んでいるということだけはわかってしまったからだ。

メルシィはこれを、一人で抱えていることに恐怖を覚えた。

今すぐ誰かに、自分が感じている恐ろしさを共有してほしいと思った。

けれどメルシィは、決して友達の多いタイプではない。

ましてやことは自家の内側の問題だ。

公爵家の中で起こっている問題のことを話してもしそれが明るみになれば、とんでもないことになってしまう。

そんなことを打ち明けられる人は、メルシィには一人もいなかった。

――いや、正確に言えば一人だけいた。

(アッシュさん……)

自分に忠告をしてくれた彼。

いったい彼には、どこまでわかっていたのだろうか。

そもそもの話、どうやって父がしていることの尻尾を掴んだのだろうか。

そしてそれを、どうして自分に教えてくれたのだろうか。真実にすら辿り着いておらず、中途半端に知っただけで、怖じ気づいてなんにもできなくなってしまうような自分に……。

聞きたいことは沢山あった。聞いてほしいこともたくさんあった。

けれど彼女の願いは叶わなかった。

アッシュはあの武闘会での激闘以降、完全に消息を絶ってしまっていたからである。

何度かお金を払って探偵や何でも屋に頼んだこともあったが、結果は芳しくなかった。

アッシュという名前は、どこにでもあるありふれた名前だ。

それが本名であるということはわかっているのに、名前から絞って本人を特定することはできないほどに、その名を持つ者は多いのである。

メルシィはどうすればいいのか、答えを持たなかった。

当たり前だが、家族に相談することはできない。そんなことをすればもみ消されてうやむやになるとわかりきっている。

かといって外の人間に言って、弱みを見せることもできない。そんなことをするのは、ウィンド家に生まれた人間としてのプライドが許さない。

メルシィはどうすればいいのか、わからなくなってしまった。

そのとき彼女の脳裏に浮かんだのは、アッシュの照れたようなはにかんだ笑顔だった。

『大丈夫です、メルシィさん。あなたならきっと……いや絶対にできます。だから、大丈夫です』

それはなんの根拠もない言葉だ。アッシュ以外の誰に言われたとしても、メルシィの心には響かなかっただろう。

けれどメルシィはたしかに、その言葉に勇気づけられた。

前を見て、ライエンを相手に一歩も引かずに戦っていた彼の姿を見たから。

どれほど努力を積んできたのか想像すらつかないような彼のようになりたいと、そう思ってしまったから。

だから彼女は一歩、前に進むことを決めた。

勇気を持って、アッシュのようにまっすぐに前を見据えて進むことができるように。

(私だって、アッシュさんのように——)

メルシィは成長していく。

そして彼女はとうとう、父と隣国との関係性を邪推されかねない、証拠を発見するに至ったのだった——。


「メルシィ、どうしたんだいきなり。大切な話があるなどと……」

ヘレイズはいつも通りの態度でメルシィへと接する。

彼女が内側にどんなものを抱えているか知らないで。

メルシィは何も言わなかった。

ただキッと父を睨み、すぐに視線を下ろす。

そして自らの父へと、封筒を差し出した。

そこにあったのは——父がここ最近するようになったとある商会からの借財に関する資料だ。

「お父様、これはいったいどういうことでしょう」

中に入っている資料は多岐に渡っていたが、メルシィが取り出したのは一枚の契約書類であった。

それを見た父はサッと苦い顔をした。

その紙に記されていることは、彼の貴族としての醜聞になりかねないものだったからだ。

内容はただの借金の証文の控えである。けどその内容が問題だ。

そこにはもし返済が滞った場合、借金の減額と引き換えに貸元の商会へと武器の横流しをする旨などが記されている。

「それはだな……上級貴族というのは、何かと金が入り用なのだ。まだメルシィにはわからないだろうがな」

メルシィは父の態度を見る。

それはそれはジイッと、一挙手一投足を見逃さないと言わんばかりに、目を皿のようにして見つめている。

父は怪訝そうな、そしてばつが悪そうに顔をしかめていた。

その様子を見てメルシィは――ホッと、心の底からの安堵のため息を吐いた。

彼女が知っているこの書類の本当の意味を、父であるヘレイズは知らないのだ。

知った上でやっていないのであれば、まだ情状酌量の余地はある。

それが公爵家にとって致命的な痛手になる前に気付けたことは、望外の幸運という他ない。

「どうしたのだいきなり、そんなに長い息を吐いて」

「お父様……今回ばかりはさすがに、迂闊すぎですよ」

「いったい何がだ？」

「この商会の大元の出資者を辿っていけば、隣国である帝国につながります。お父様は借金返済が滞った場合、他国へ武器を供出することになっていました」

「――なんだとっ⁉」

今度は自分がしようとしていたことの意味がわかったからだろう。

さっきまでよりもずっと真剣な顔を、真っ青にしている。

隣国への武器の供出は、王国法で固く禁止されている。

もし禁を破った場合に待っているのは良くて御家のお取り潰し、悪ければ一族郎党の斬首だ。

（お父様のことです、どうせ贅沢をすることばかりに意識が行っていて、そこまで深く考えていなかっただけなんでしょうけど……）

ため息をつくのも許されるだろうと、メルシィは額に手をやった。

やれやれと首を振りながら、自分の父親の抜け具合に頭を悩ませる。

父であるヘレイズはどうにも即物的で、目先のことばかり考える節がある。

これからの未来に不安を覚えながらも、メルシィは自分の持っている学習鞄からまた新たな封筒を取り出した。

「大丈夫ですお父様、こちらをご覧下さい」

「これは、なんだ？」

「今回の顛末を、イライザ殿下経由で国王陛下にご報告した始末書です」

「――へ、へへへへ陛下に報告だとっ!?」

目を白黒させている父を見ても、メルシィは動じない。

きっと自分が憧れる彼であれば、この程度のことは屁でもないと言ってのけるはずだ。

であれば私だって、これしきのことで動揺してはいけない。

そんな風に思うようになってからは、不思議と恐れを感じないようになっていた。

「既に借財はかなりの量まで膨れ上がっていました。このままでは帝国へ武器を供与することになり、結果としてその事実を盾にいいように使われることになっていたでしょう。かといって、もし帝国がフェルナンド王国を滅ぼすようなことがあったとしても、ウィンド公爵家が帝国内で重要な地位を持つこともないでしょう」

帝国では主要な地位には、皇帝の血族が配置されることは有名な話だ。

もし戦争が起これば、それがどのような終わり方をするにせよ、碌なことにはならないだろう。

「それにここ最近魔物の動きも活発化してきています。帝国の側にこちらにちょっかいを出す余裕がなくなる可能性も十分に考えられます」

どのような場合であっても、このままではウィンド公爵家の地位は危うくなってしまう。

そして既に借財は、公爵家の放漫経営では返済が難しくなってくるほどに膨れ上がってしまっていた。

既に公爵家に、残された手立ては少なかった。

メルシィはいくつかあった可能性の中で実現性の高いもののうちのいくつかを吟味し、そして決断した。

彼女は誰にも話さず、完全に自分の独断でそれを国王陛下へと上奏した。

けれどそれは、勝算あってのこと。

そしてメルシィは――無事に己の思惑を通すことに成功した。

「ふむふむ……なにっ!? 帝国への二重スパイをするように……だとっ!?」

それがメルシィが出した、自家の生き残る道。

莫大な負債を抱えてしまったせいで、隣国に屈服せざるをえない……というポーズで敵方と内通し、情報を抜き取る。

二重スパイとして王国のために情報を持ち帰る。

それこそが、公爵が現状で最も王国のために戦える方法だった。

「お父様、これも公爵として生まれたあなたの責任です。しでかした失態は、どこかで挽回しなくてはならない。失態が大きければ大きいほど、やらなければならないことは大変になるのですから」

(これが本当に……あのメルシィなのか？)

ヘレイズは愕然とした顔で、メルシィのことを見つめる。

自分に滔々と語る様子は、彼が知っている令嬢然とした様子とあまりにかけ離れていた。

その変わりぶりには驚くしかない。

だが彼も公爵として色々な難事を乗り越えてきた身。

すぐに気持ちを切り替え、自分の借財がなんとかなったことを喜んでおくことにした。

どうやらメルシィは、次期当主となるべくしっかりと成長しているらしい。

これで公爵家の未来は安泰だという安堵に、今は身を任せることにした。

彼は気付いてもいなかった。

（――アッシュさん、これで、私も……）

メルシィがここまで変わることができたのは、その心に一人の少年がいたからということを……。

こうしてウィンド公爵家は、王国が流しても問題ない情報を流しながら、帝国の内部へ侵入し情報を持ってくる二重スパイとして動くようになっていく。

以前にも増して重要な立場へと上ることでヘレイズは、何かあるとすぐに調子に乗ってしまう。

新たな借金を重ねようとしたり、ハニートラップにひっかかりかけたりと、散々な有り様だった。メルシィと家族達はその対応に追われてしまうようになり、結果としてその努力によって傾きかけていた領地経営が上向くのだが……それはまた、別のお話。

エピローグ

——そして、アッシュがライエンに勝ったあの日から、二年の月日が経過した。

本来なら特待生枠として入学するはずだったライエンは、国王からの推薦枠という原作よりレアなパターンで入試を突破し、一枠空いたそこを狙ったアッシュは無事特待生枠に入ることができた。

あれ以降、アッシュは王やリンドバーグ辺境伯といった国の重鎮達と関わるようになった。

目立たないように行動を制限しようとするのは止めて、一部の人間には自分の力と知識を見せることにしたのだ。

おかげで彼らからの信頼も篤く、今では彼らから直接頼みごとをされるような間柄になることもできている。

ただ皆に知られ、ライエンのようにチヤホヤされるのも嫌だったので、アッシュは学校では無能なフリをして過ごしている。

ライエンが光なら、自分は影でいい。

そう割り切って、アッシュは裏方に徹した生き方を続けていた。

そうなった方が、魔王討伐後に自由が利くだろうという打算も込みで。

そのためアッシュは生徒達皆から馬鹿にされており、教師達の評判も基本的にはすこぶる悪い。

学校内でアッシュの実力を知っている生徒は、それほど多くない。

ひょんなことからモノの正体がアッシュだと知って何故か未だに彼をライバル視し続けているライエンや、とあるきっかけで仲良くなってしまった王女のイライザ。

あとは自分から名乗ったメルシィと、ライエン経由で話を聞かされているスゥくらいだ。

そのためアッシュは今、知る人ぞ知る陰の実力者になっている。

学院をサボっているのも、大抵は頼まれた依頼が原因だ。

当たり前だが、アッシュはメルシィと同じ学院に通える機会をふいにするなどという、もったいないことをする男ではない。

だが学校に入って一年が経過した現在、彼はあの武闘会ぶりに有頂天になっていた。

あれから修行を重ね、辺境伯の特派員として王国を自由に行き来できるようになったことで、アッシュは更に強くなった。

レベルアップを重ね、魔法を覚えまくり、剣技も冴えを増した今の彼は既に、チートキャラと伍するほどの実力を有していた。

そしてそこまで万全の準備を整えて、既に七つの勇気スキルを自在に使いこなし始めているライエンと共に魔王軍幹部であるヴェッヒャーへ挑み……実にあっさりと勝利した。

既にアッシュやライエンの実力は、原作とは及びもつかぬところまで上がっていたのだ。

最初はこんなにあっさり終わるならそこまで頑張らなくてよかったんじゃ……と思ったりも

したが、これで自身の死亡フラグはようやくたたき折れたのだからと、気にするのはやめにした。

そして悠然と帰ってきたら、自分が防いだはずのメルシィのイジメの場面に遭遇したのである。

公爵に間接的に忠告をしてきたおかげで、ウィンド家が隣国の帝国に内通することはなくなった。

原作の修正力でも働いたのか、公爵家が批難される展開にはなった。

だが発覚したのは内通ではなく汚職であり、罰則もそれほど重くはなかった。

一年もすれば公爵家の権勢も戻るだろう。

その時、今していることのせいでどんな目に遭うか……そんなことも考えられぬ学院生達のバカさ加減には、呆れるばかりだった。

ヴェッヒャーを倒し未来への切符を手に入れたばかりだというのに、なんだか水を差された気分だった。

その鬱憤を晴らそうと、アッシュは学校にある闘技場に立っていた。

「うっし、やるか」

「……いいだろう、どうなっても知らないからね」

アッシュの向かいにいるのは、ランドルフという学院生の一人だ。

成績はたしかライエンとイライザに次ぐ三番手で、なかなかの実力者だったはず。

ただ実力者といっても、所詮は学院の中だけでの話だ。

学院の枠に囚われないアッシュの敵ではない。

「やれー！　公爵令嬢の鼻を明かしてやるんだ！」

「気にくわない庶民なんかぶっ倒せ！」

「が、がんばれー……」

基本的にはアッシュとメルシィへの罵詈雑言ばかりだったが、人間の限界を超えた聴力を持つアッシュには、その中に隠れてしまっていたメルシィの応援の声を聞き取ることができた。

（メルシィからの声援があれば、俺はいくらでも頑張れる！）

アッシュは闘志をみなぎらせながら、魔法決闘《マジック・デュエル》が始まるのを待った。

魔法決闘のルールは簡単だ。

両者が指定されたステージ上で魔法をぶつけ合い、気絶するか吹っ飛ばされた方の負け。

制限時間を過ぎても試合が終わらなかった場合は、足下に引かれている線を参照して判定で勝者を決める。

魔法決闘だと、魔法剣士であるアッシュの力の半分が封じられたようなものだったが、既にレベルも五十に近い今のアッシュからすれば関係ない。

彼は野次を飛ばすたくさんの生徒達を見回して、それから自分のことを見つめているメルシィへ目をやった。

彼女は心配はしていないようで、毅然とした顔で自分の方を見つめている。

やりすぎないようにという彼女の思いが、言葉にせずとも伝わってくる。

諾意を示すためにこくりと軽く頷いてから、相手のモブへと向き直る。

「『試合開始！』」

思い返すと、実戦ではない試合を誰かとするのは、ずいぶんと久しぶりな気がした。

よくよく考えてみると、三年近く前のライエンと初めて戦った武闘会以来かもしれない。

なんだか懐かしい気持ちになりながら、魔法を発動させようとするランドルフへ右手を向ける。

「風魔法の弾丸《ウインド・ブリット》」

ほぼノータイムで、風魔法を付与した弾丸が発射される。

レベル五十を超えますます増しているアッシュの知力により凄まじいスピードで飛んでいく弾丸が、風の後押しにより更に弾速を増す。

そしてランドルフが魔法を発動し終えるよりも早く、彼の腹部に当たった。

知力の上昇は、魔法の速度だけではなく威力の上昇をも意味する。

腹に当たった風魔法の弾丸はそのまま制服に着弾し、回転を加えながら更に前進。

ランドルフの腹部をぶち抜いて、後ろへと突き抜けていった。

弾はメルシィを笑っていた生徒の一人の頬をかすめる。

そして土壁に当たったところで、その勢いを止めた。

「……」

皆が皆、現実を飲み込めていなかった。

既にステージにはアッシュしか立ってはおらず、腹部から出血をしているランドルフは気絶をし、白目を剥きながら仰向けに倒れている。

試合の結果は誰が見ても明らかだったが、それを素直に受け取ることができずにいたのだ。

ランドルフを倒したのはアッシュという落ちこぼれであり、彼は今回貶めるはずだったメルシィの代理人。

だがそんな唖然とする者達の中で、動き出す者が二人いた。

あくびをしながらステージを下りたアッシュと、彼へ駆け寄っていくメルシィである。

「どう、俺強いでしょ？」

「……やりすぎです、もう」

メルシィはアッシュをたしなめようとしていたが、彼が怒っていた原因が自分を助けるためだとわかっているためか、その勢いは弱々しかった。

二人は、知り合ってから三年近い月日が流れているにもかかわらず、全くと言っていいほどに仲が進展していなかった。

アッシュは自分のような落ちこぼれが関われば、メルシィの体裁が悪くなるからと思い、自分からは話しかけなかった。

たまに遠くからメルシィを眺めて、元気をもらっていた程度だ。

メルシィは彼と何を話せばいいのか、考えあぐね、結局行動に移せなかった。

アッシュのアドバイスで公爵家の危機をどうにかすることができたが、そのお礼すら言えずじまいのままだったのだ。

簡潔に言ってしまえば、二人ともが極度の奥手だった。

仲は進展するどころか、下手をすれば前より後退しているかもしれない。

正直なところ、今回このようなアッシュが前に出ざるを得ないイベントが起こらなければ、卒業するまでに話すらできてはいなかっただろう。

「アッシュさんは……」

「うん、なに？」

「やっぱり強い人、だと思いますわ」

「そうかな……？」

アッシュという人間は、相変わらず自己評価の低い男だった。

彼は前世の知識を持っている人間なら、自分と同じことくらいはできると、当然のように思っている。

自分のやり方はかなり下手くそだと思っているし、もう少しやり方があったのではと反省ばかりの毎日だった。

だがメルシィからすれば、アッシュは自分が目指すべき憧れに近かった。

あれだけの強さを、彼は自分と同じ年齢で手に入れている。

それもライエンのような固有スキルの力ではなく、完全に彼自身の力だけでだ。

アッシュはいったい、どれだけの困難を乗り越えてその場所へ至ったのか。

メルシィには想像することもできなかった。

平民出身の学院生について話をする時、ライエンの方がアッシュよりもはるかに人気は高い。

ライエンは眉目秀麗で品行方正。

対してアッシュはその真逆だ。

だがメルシィは世にも珍しい、アッシュ派の人間だった。

もちろん彼の強さを知っているから、というのもある。

スキルではなく己の力でライエンと激闘を繰り広げたあの武闘会年少の部の戦いは、今もなお彼女の脳裏に強く焼き付いている。

だが彼はそれだけ強くなったにもかかわらず、基本的には傲《おご》らずへりくだった態度を続けている。

態度自体は悪いけれど……高圧的になるのはさっきのように、誰かのために怒るときくらいだ。

だからメルシィは、できることならアッシュともっと仲良くなりたいと思っていた。

図らずもそこの部分に関しては、両者とも意見が一致していたのだ。

「じゃあ今から……喫茶店でも行く？　虎茶とか」

「まぁ！」

今まで一度も行ったことのない、一見さんお断りの会員制の高級喫茶だ。

思わずパンと手を叩いた彼女を見て、アッシュが少しだけ得意そうな顔をする。

「ちょっと縁があってね、あそこの店主には顔が利くんだ」

「そうですね、それじゃあ行きましょうか。早くしないと、ゆっくり楽しめませんもの」

「だね、さっさと行っちゃおう」

アッシュは自分の手を見て、それからメルシィの手を見て、両者を見比べてからそっと手を前に出した。

それは王国流の、あなたをエスコートしますというサイン。

メルシィは顔を真っ赤にするアッシュを見て笑いながら、自身も頬を少しだけ染めて彼の手に自分の手を乗せる。

彼女の視界の端には、アッシュの強さを間近で見て恐れおののいている生徒達が見える。

その中には、自分の父を侮辱し決闘騒ぎを起こさせた、張本人のセシリアの姿もあった。

一度立ち止まり、約束通り謝らせせようかと思ったが――やめておいた。

先ほどまでひどく落ち込んでいたはずの気持ちは、羽根のように軽かった。

メルシィは今の気持ちに、水を差したくはなかった。

どうせそう遠くないうちに、家にせっつかれて自分から謝りに来るはずだ。

そのときがやってくるまでは、彼女には反省してもらうことにしよう。

自分の周りは敵ばかりだと思っていた。

自分の味方は一人もいないとばかり思っていた。

だがアッシュが助けてくれた。
隠していたはずの力を見せてまで。
メルシィはアッシュに連れられて、闘技場を後にする。
やってきたときとは正反対に、今の彼女の気持ちはとても晴れやかだった——。

《了》

あとがき

はじめましての方ははじめまして、そうでない方はお久しぶりです。しんこせいでございます。

作品が脳内から飛び出してくるのには、いくつかのパターンというものがあります。

自分が今作を書こうと思い立った時、まずラストのバトルシーンのイメージが浮かび、次に冒頭の部分が浮かび、それに付随するお話のアイデアが出てきて……そして気付けば、物語が完成していました。

さて、今作はお楽しみいただけたでしょうか。

自分はあとがきでネタバレをされるのが嫌いなタイプの読者だったので、内容についての言及は控えようと思います。アッシュの活躍を読んで面白いと思っていただけたら幸いです。

話は変わるのですが、皆様には自分も丸くなったなぁと思う瞬間はあるでしょうか。

誰しも社会という荒波に揉まれ角が削れていくものですが、僕はここ数年で、強くそれを感じるようになりました。

僕には子供の頃、どれだけ尖っているかがその人間の価値だと思っていた時期がありました。

けれど大人になった今では逆にこうも思うのです。

尖りすぎていて誰も持てないくらいなら、持ちやすい形に削ってしまった方がいいと。

もちろん、自分の尖りの全てをなくしてしまう必要はないと思います。

尖り方に気を付けて誰でも持てるよう針一本だけを残したり、剣山のような形にして下からなら持ち上げられる形にしてみたり……尖り方に一工夫を加えれば、当人が持つ先端は残せるのですから。

こんなことを書いているあたり、僕も立派なおっさんです。きっと十年前の自分が見れば、甘えたことを抜かすなとブチギレていること間違いなし。

最後に謝辞を。今作を読んで面白いと言って下さった編集のK様、ゴーサインを出してくれた一二三書房様、そして作品に彩りを添えてくれたイラストレーターの桑島黎音様。本当にありがとうございます。

今作のコミカライズの担当をして下さっている編集のI様にも感謝を。作画を担当して下さる別所ユウイチ様にも感謝を。

そしてこうしてこの本を手に取ってくれているあなたに、何よりの感謝を。

あなたの心に何かを残すことができたのなら、作者としてそれに勝る喜びはありません。

それではまた、二巻でお会いしましょう。

しんこせい

唯一無二の最強テイマー
～国の全てのギルドで門前払いされたから
他国に行ってスローライフします～
原作：赤金武蔵　漫画：田村紘一
キャラクター原案：LLLthika
異世界還りのおっさんは
終末世界で無双する
原作：羽々音色　漫画：ダンタガワ
処刑された聖女は
死霊となって舞い戻る
原作：緒二葉　漫画：蚊
キャラクター原案：みなせなぎ

雷帝と呼ばれた最強冒険者、
魔術学院に入学して
一切の遠慮なく無双する
原作：五月蒼　漫画：こばしがわ
キャラクター原案：マニャ子
モブ高生の俺でも
冒険者になれば
リア充になれますか？
原作：百均　漫画：さぎやまれん
キャラクター原案：hai
魔物を狩るなと言われた
最強ハンター、
料理ギルドに転職する
原作：延野正行　漫画：奥村浅葱
キャラクター原案：だぶ竜
COMIC
NOVA
ノヴァ
話題の作品
続々連載開始!!

転生貴族の異世界冒険録
~カインのやりすぎギルド日記~
原作：夜州
漫画：佐々木あかね
キャラクター原案：藻
レベル1の最強賢者
原作：木塚麻弥
漫画：かん奈
キャラクター原案：水季
我輩は猫魔導師である
原作：猫神研究信仰会
漫画：三國大和
キャラクター原案：ハム

神獣郷オンライン！
原作：時雨オオカミ
漫画：春千秋
ウィル様は今日も
魔法で遊んでいます。ねくすと！
原作：綾河ららら
漫画：秋嶋うおと
キャラクター原案：ネコメガネ
バートレット英雄譚
原作：上谷岩清
漫画：三國大和
キャラクター原案：桧野ひなこ
コミックポルカ
COMICPOLCA
話題のコミカライズ作品を続々掲載中！
毎週金曜更新
公式サイト
https://www.123hon.com/polca/
Twitter
https://twitter.com/comic_polca
コミックポルカ
検索

BRAVENOVEL
ブレイブ文庫

お助けキャラに転生したので、ゲーム知識で無双する1
～運命をねじ伏せて、最強を目指そうと思います～

2023年2月25日　初版第一刷発行

著　者　　しんこせい

発行人　　山崎　篤

発行・発売　株式会社一二三書房
〒101-0003 東京都千代田区一ツ橋2-4-3
光文恒産ビル
03-3265-1881

印刷所　　中央精版印刷株式会社

■本書は小説投稿サイト「小説家になろう」（https://syosetu.com/）に掲載された作品を加筆修正し書籍化したものです。

ISBN 978-4-89199-924-7 C0193